CB038386

Bergson e Proust

Estela Sahm

BERGSON E PROUST

Sobre a representação da passagem do tempo

ILUMI//URAS

Capa
Eder Cardoso / Iluminuras
sobre desenho de Estela Sahm da série *manuscritos*, 2002,
cola e nanquin sobre papel.

Revisão
Ana Luiza Couto

(Este livro segue as novas regras do Acordo Ortográfico da Língua Portuguesa.)

CIP-BRASIL. CATALOGAÇÃO-NA-FONTE
SINDICATO NACIONAL DOS EDITORES DE LIVROS, RJ

S138b

Sahm, Estela
Bergson e Proust : sobre a representação da passagem do tempo / Estela Sahm. - São Paulo : Iluminuras, 2011.
96p.

Inclui bibliografia
ISBN 978-85-7321-334-8

1. Bergson, Henri, 1859-1941. 2. Proust, Marcel, 1871-1922 - Crítica e interpretação. 3. Tempo. 4. Tempo na literatura. I. Título.

10-5787 CDD: 809.9333
CDU: 82.09

09.11.10 25.11.10 022826

2021
EDITORA ILUMINURAS LTDA.
Rua Inácio Pereira da Rocha, 389
05432-011 - São Paulo - SP - Brasil
Tel./Fax: 55 11 3031-6161
iluminuras@iluminuras.com.br
www.iluminuras.com.br

ÍNDICE

Dedico este trabalho à memória de meu pai, Arão, ao seu espírito empreendedor e à confiança que sempre depositou em minhas empreitadas; e de minha mãe, Guita, pela inestimável herança de sabedoria que me deixou de seus antepassados, na forma dos ditados populares de tradição oral.

Aos meus filhos, Laura e André, na esperança de que reconheçam aquilo que de melhor lhes possa ter transmitido.

APRESENTAÇÃO

Este texto foi originalmente apresentado como dissertação de mestrado em Filosofia, na Pontifícia Universidade Católica de São Paulo, em outubro de 2009.

Ao pensar em fazer dele um livro, que pudesse circular para além do ambiente acadêmico, preocupou-me o fato de ser um texto que teve o dever de obedecer a certas normas impostas pela própria natureza de um trabalho de pesquisa e, por essa razão, menos palatável à leitura.

Eliminar algumas citações e falar na primeira pessoa do singular foram as primeiras medidas que me ocorreram neste sentido.

Ao revê-lo algumas vezes, contudo, considerei que alterar sua natureza não seria assim tão simples, e o risco de eliminar trechos ou alterar seu tom poderia transformá-lo em um texto em que não mais se reconheceria o percurso realizado.

As citações fazem parte do diálogo estabelecido com alguns dos diversos autores que se dedicaram a tratar das questões que envolvem a obra de Proust e a obra de Bergson. Eliminar qualquer uma delas seria quase impossível, na medida em que constituem a própria estrutura do trabalho.

Assim, optei apenas por pequenas modificações e por um acréscimo final em que, de alguma maneira, acabo por revelar uma predileção pessoal pelo universo da literatura e por seu enorme poder de gerar conhecimento e manifestar sabedoria.

Agradeço ao professor Jacó Guinsburg, que, a partir da atenta leitura que fez deste trabalho, pôde sugerir que eu manifestasse com clareza aquilo que estava implícito nas entrelinhas.

Considero que o próprio texto, em grande medida, também privilegia uma linguagem mais literária do que propriamente acadêmica. Afinal, este era o intuito, e este é, de fato, um dos temas principais desta dissertação, a saber, de que forma a linguagem literária, metafórica por excelência, é muitas vezes mais apropriada para transmissão de conhecimento do que aquela que se pauta unicamente por conceitos.

Quanto à permanência de um discurso dado na primeira pessoa do plural, poderia dizer que percorri esse caminho quase sempre na ótima companhia dos comentadores; e ainda, percorrê-lo no plural significa também um convite ao leitor, para que junto comigo possa acompanhá-lo em seu desenvolvimento.

Por fim, no que diz respeito à etapa do percurso acadêmico, agradeço a preciosa orientação da professora Sônia Campaner Miguel Ferrari, em direção à conclusão deste trabalho; ao professor Franklin Leopoldo e Silva, por sua atenta leitura na etapa de qualificação, por suas sugestões e pela luz que a leitura de seus textos me trouxe para a compreensão do pensamento de Bergson; à professora Jeanne Marie Gagnebin, por suas aulas inesquecíveis, sobretudo aquelas que se referiram à obra de Proust, e por suas importantes pontuações sobre o texto da qualificação. E, ainda, por ter tido a honra de ambos, professor Franklin e professora Jeanne Marie, constituírem minha banca examinadora.

À memória do professor Luis Dantas e ao curso que ministrou a partir da leitura da obra de Proust, de enorme importância para o desenvolvimento deste trabalho.

Agradeço também aos queridos amigos e familiares que acompanharam esse processo, dando apoio e coragem para prosseguir.

Finalmente, ao piano de Bill Evans, companheiro inseparável dessa jornada, cuja melodia tão bem me fez compreender a "duração".

INTRODUÇÃO

A intenção, ao longo desta pesquisa, é a de analisar certas questões suscitadas pelo confronto entre algumas teorias da filosofia de Bergson e a obra literária de Marcel Proust — *Em busca do tempo perdido*. Para tanto, serão estabelecidos diálogos com alguns dos inúmeros estudiosos que se debruçaram sobre as relações possíveis entre esses dois universos, bem como com aqueles que contemplaram especificamente a obra proustiana ou as teorias de Bergson.

Existem controvérsias a respeito das possíveis relações entre a obra filosófica de Bergson e a obra literária de Proust. Querem alguns que ambas guardam profundas aproximações, quase como se Proust "aplicasse", em seu texto, alguns dos conceitos fundamentais de Bergson; outros julgam improcedentes tais aproximações, considerando, por exemplo, que há diferenças essenciais no tratamento que cada um deles confere às questões do tempo, do espaço ou da memória.

Não restam dúvidas de que o discurso filosófico e a produção literária sejam domínios ou gêneros distintos: ambos podem ser considerados como diferentes formas de expressar pensamento, ainda que cada um a sua maneira, e com finalidades diferentes; no primeiro prevalece a linguagem dos conceitos, na formulação de conhecimentos pretensamente universalizantes, ao passo que na segunda impera uma linguagem imaginativa, metafórica, distanciada de qualquer pretensão teórica, e até, em grande medida, uma linguagem indesejável para os objetivos da grande tradição filosófica ocidental.[1]

Contudo, como pretendemos observar, há alguns pontos de contato entre estes dois territórios que se querem distintos, mas que se encontram muitas vezes, ao enfrentarem questões semelhantes. Veremos, a partir de algumas das principais teorias

[1] Segundo Frédéric Cossutta, *Elementos para a leitura dos textos filosóficos* (Angela de Noronha Begnami, Milton Arruda, Clemence Jouet-Pastré, Neide Sette (trads.), São Paulo: Martins Fontes, 2001, p. 99): "A filosofia teria se constituído em sua forma ocidental através de uma recusa da imagem sob as espécies do mito. Haveria uma antinomia original entre o esforço filosófico de inteligibilidade e o peso concreto da imagem que veicularia a ignorância e a irracionalidade."

de Bergson, de que maneira este autor acaba por valorizar e até mesmo privilegiar o discurso metafórico; assim como veremos, a partir do romance proustiano, como a literatura pode conter verdadeiros ensaios filosóficos. Partindo da apresentação de algumas dessas ideias que norteiam a filosofia de Bergson, assim como de algumas passagens significativas da obra proustiana, eventualmente acompanhadas de seus respectivos comentadores, pretendemos analisar em que medida esses dois discursos, que se apresentam sob a forma da escrita, podem encontrar afinidades e aproximações interessantes, e assim se iluminarem mutuamente.

Algumas observações se fazem necessárias ou ao menos importantes, logo de início, sobre a contemporaneidade de Bergson e Proust, ou seja, em que universo de ideias se construiu cada uma de suas respectivas obras. Apenas para remarcar muito brevemente, trata-se de um momento particularmente rico e complexo, na Europa do final do século XIX e início do século XX, caracterizado por mudanças importantes nos diversos domínios do conhecimento, na organização do trabalho e nas novas formas de perceber o mundo; é também quando um enorme contingente da população deixa o campo e passa a viver nos grandes centros urbanos, que se adensam gradativamente, segundo novos princípios de organização social e espacial. Isso foi simultaneamente causa e consequência de mudanças significativas nas condições de sobrevivência e existência dessas mesmas populações, como puderam atestar suas mais diversas atividades nos mais distintos campos de produção.

Não se trata de verificar as relações diretas de causa e efeito entre o contexto histórico e a produção filosófica ou literária deste mesmo período, isso seria uma simplificação redutora; trata-se, sobretudo, de apontar algumas correspondências entre os diferentes campos de expressão do pensamento, que de alguma forma absorvem e reproduzem, cada um a sua maneira, essa atmosfera de transformações; e como veremos, isso diz respeito tanto àquele organizado de forma sistemática, por meio de conceitos (tão caros ao campo das ciências exatas e mesmo ao campo de uma certa filosofia) como também ao de uma certa produção artística, em que se manifesta a expressão de uma percepção apurada sobre as circunstâncias que envolvem nossa existência no mundo; a literatura se constitui como um campo de expressão de pensamento mais livre das amarras que normalmente fazem parte dos compromissos que outras áreas do conhecimento (sobretudo o científico) assumem para si mesmas, no sentido de darem uma finalidade de ordem prática ao desenvolvimento de certos raciocínios, expressos na linguagem dos conceitos que se pretendem, assim, genéricos e universalizantes.

De forma bastante distinta, a literatura, operando em uma linguagem essencialmente metafórica, tem, antes de tudo, um compromisso com sua própria feitura, com a escolha adequada das palavras, reinventando seus possíveis significados, como se buscasse recuperar a capacidade que cada uma delas tem de nomear o que às vezes é quase indizível; é um trabalho feito dentro da própria linguagem, para além do uso convencional que lhe é dado, e talvez, justamente por essa razão, ao nos defrontarmos com esta dimensão que as palavras normalmente ocultam, e que a literatura nos revela, adquirimos uma espécie de compreensão intuitiva do texto, a partir da evocação de nossa própria experiência de vida que o autor nos convida a partilhar; é nesse registro, que vai muito além da capacidade de nosso intelecto apenas, que se constitui o imenso legado de conhecimento e sabedoria que a literatura pode nos oferecer.

Cito aqui, logo de início, um primeiro trecho de Proust, do último livro de sua obra monumental, o volume que contém, sobretudo, as observações mais conclusivas do narrador, sob o ponto de vista do conjunto de sua longa trajetória de investigação:

> Mas, para voltar a mim, pensava mais modestamente em meu livro, e seria inexato dizer que me preocupavam os que o leriam, os meus leitores. Porque, como já demonstrei, não seriam meus leitores, mas leitores de si mesmos, não passando de uma espécie de vidro de aumento, como os que oferecia a um freguês o dono da loja de instrumentos ópticos em Combray, o livro graças ao qual eu lhes forneceria meios de se lerem.[2]

Ciente do papel que previa ser aquele desempenhado pela leitura de seu romance, Proust, ao emprestar sua sensibilidade

[2] Proust, Marcel. "O tempo redescoberto", in *Em busca do tempo perdido*, v. 7, Lúcia Miguel Pereira (trad.). São Paulo: Editora Globo, 2004, p. 280.

ao narrador, nos sugere uma forma de "lermos a nós mesmos", a partir da evocação de nossa própria experiência. A imagem da lente de aumento é apenas uma dentre as incontáveis metáforas que impregnam todo o texto proustiano, muitas delas relacionadas a diversos instrumentos ópticos, como que a manifestar o fascínio que eles despertavam pelas novas possibilidades que ofereciam para a percepção do "mundo real"; isso para não dizer que as metáforas constituem a própria essência da linguagem.

Na origem de toda nomeação, de todo conceito, enfim, da própria construção do conhecimento, há sempre um processo de metaforização. Ocorre, no caso do conceito, como teremos a oportunidade de observar ao longo do texto, sobretudo com Bergson, uma espécie de congelamento ou fixação do sentido atribuído a certos termos da linguagem, mas em cuja origem já encontramos o resultado de uma comparação, ou da identificação de uma semelhança.

Nietzsche não foi o primeiro filósofo a apontar essa questão. Mas tomemos suas observações como referência, por ser também um pensador que privilegiou o uso da metáfora, podemos mesmo dizer, de forma radical:

> Enquanto cada metáfora intuitiva é individual e sem igual e, por isso, sabe escapar a toda rubricação, o grande edifício dos conceitos ostenta a regularidade rígida de um columbário romano e respira na lógica aquele rigor e frieza, que são da própria matemática. Quem é bafejado por essa frieza dificilmente acreditará que até mesmo o conceito, ósseo e octogonal como um dado e tão fácil de deslocar quanto este, é somente o *resíduo de uma metáfora,* e que a ilusão da transposição artificial de um estímulo nervoso em imagens, se não é a mãe, é pelo menos a avó de todo e qualquer conceito.[3]

Assim, pretendemos contemplar primeiramente, no capítulo I, algumas das ideias fundamentais do pensamento de Bergson; trataremos, sobretudo, daquelas que julgamos promover e estabelecer uma ponte com alguns conteúdos da obra de Proust, e também com os aspectos relativos a sua forma, uma vez que é do

[3] NIETZSCHE, Friedrich. "Sobre verdade e mentira no sentido extramoral", in *Nietzsche*, 2. ed., Rubens Rodrigues Torres Filho (trad.). São Paulo: Abril Cultural, 1978, p. 49. (Coleção "Os Pensadores")

interesse deste trabalho tratar dos diferentes e possíveis recursos que a linguagem escrita encontra para expressar pensamento. Nessa medida, elegemos principalmente trabalhar com as ideias de Bergson no que diz respeito ao tempo (duração) e à intuição. Outros conceitos virão a reboque, uma vez que as ideias do filósofo se engendram e se implicam entre si, a partir de seu próprio "discurso", como teremos a oportunidade de ver.

Para além dos textos do próprio Bergson, trabalharemos também com as observações de alguns de seus estudiosos, sobretudo as de Franklin Leopoldo e Silva em *Bergson, intuição e discurso filosófico* e *Bergson, Proust: tensões do tempo*, e Gilles Deleuze em *Bergsonismo*.

Em seguida, no capítulo II, vamos nos deter na obra de Proust propriamente, confrontando-a com algumas das ideias de Bergson, destacando algumas de suas passagens, assim como algumas observações de seus comentadores, sobretudo de Paul Ricoeur, em *Tempo e narrativa.* No caso específico de Georges Poulet em *O espaço proustiano,* pretendemos nos deter em questões apontadas por este autor, sobretudo no que diz respeito às "figuras de linguagem" que espacializam o tempo, levantadas por esse e alguns outros comentadores da obra em questão.

E finalmente, no capítulo III, buscaremos aprofundar as questões relativas às separações estabelecidas historicamente entre discursos de gêneros e finalidades distintas, em que pretendemos apresentar algumas das possíveis respostas para a suposta distância que se criou entre os diversos domínios do conhecimento expresso e registrado sob a forma da escrita. E, nesse caso, vamos enfatizar a relação entre a representação da passagem do tempo e o deslocamento no espaço, presente na longa tradição das narrativas épicas, anteriores à constituição de um pensamento dito "científico".

Assim, o confronto entre a obra filosófica de Bergson e o romance proustiano será atravessado por aquilo que julgamos ser um dos pontos cruciais do longo embate entre o discurso conceitual e o discurso metafórico, a saber, em que medida a própria linguagem, na origem da nomeação das "coisas do mundo" é responsável pelo entrelaçamento desses dois discursos que se querem distintos, mas que se encontram de alguma forma ancorados, um ao outro. O recurso à expressão de pensamento que a linguagem nos oferece revela, sobretudo sob a forma das metáforas, o complexo e intrincado processo de "tradução", de deslocamento e de trânsito de sentidos que se opera por meio de nossas capacidades de percepção, imaginação e memória, na construção de conhecimento.

E talvez encontremos ali a menor distância entre as obras de Bergson e de Proust, aquela que as aproxima mais significativamente, uma vez que o filósofo privilegiará em sua teoria o recurso a um certo alargamento de nossas capacidades perceptivas, a exemplo daquela que aponta na atividade do artista; isso porque, para além de nossas necessidades mais pragmáticas que acabam por recortar da realidade apenas aquilo que lhes interessa no sentido de nossa ação, encontra-se a possibilidade de reencontrar, no plano do sensível, uma compreensão mais efetiva do mundo real. Como teremos a oportunidade de verificar no capítulo I, a especificidade que Bergson pleiteia para o terreno da filosofia afasta-se dos recursos utilizados pelo pensamento científico, aquele que se articula fundamentalmente por meio de conceitos, operando uma fixação do real e dessa forma obliterando a dimensão temporal que o constitui.

Por sua vez, o romance proustiano, longe de se pretender um discurso eminentemente filosófico, é exemplar no sentido de revalorizar a percepção do mundo sensível, e de nos fazer compreender, para além dos recursos de nosso intelecto, em que medida a temporalidade é o atributo essencial da realidade que constitui os seres e as coisas.

Franklin Leopoldo e Silva observa, na contemplação das aproximações possíveis entre a literatura e a filosofia, que ambas se configuram como territórios distintos, mas que ainda assim,

> ...quando se convive um pouco com ambas, percebe-se que a distância que separa é a mesma que aproxima. [...] o percurso da distância que aproxima a literatura da filosofia nos permite encontrar, na elaboração mais específica da narração, no núcleo mais íntimo da trama romanesca, o impulso de desvendamento da realidade, fruto da inquietude, do espanto e da perplexidade, sentimentos que definem, ao menos em parte, a situação da-

queles que buscam a verdade, procurando compreender o real um pouco para além do conjunto de significações que a vida cotidiana nos tornou familiares.[4]

Por fim, gostaríamos de observar que, logo no início, nesta introdução, e nas últimas páginas deste trabalho, fazemos duas observações a partir da obra de Nietzsche sem que, contudo, nos detenhamos mais profundamente em suas ideias. É inegável uma afinidade entre esse autor e alguns dos temas aqui abordados. Julgamos, portanto, pertinentes essas duas citações, no sentido de coincidirem com questões sugeridas ao longo do texto, mas que permanecem apenas à espreita, na espera de talvez se desenvolverem num próximo trabalho.

[4] Leopoldo e Silva, Franklin. "Bergson, Proust: tensões do tempo" in *Tempo e história*. São Paulo: Companhia das Letras, 2006, p. 141.

CAPÍTULO I
Sobre algumas ideias fundamentais do pensamento de Bergson (intuição, duração, percepção e memória)

Henri-Louis Bergson (1859-1941) inscreve seu pensamento filosófico, como dissemos anteriormente, entre as últimas décadas do século XIX e inícios do século XX, período em que predomina uma tendência positivista e cientificista, quando eram legitimados, sobretudo, os conhecimentos construídos à semelhança das ciências ditas exatas: os dados deveriam ser empiricamente observados, medidos e inscritos em cadeias de causas e efeitos. Assim eram tratados certos fenômenos da natureza. Era preciso, para tanto, que tais fenômenos se repetissem de forma absolutamente idêntica, para que se formulassem leis genéricas ou universais de funcionamento.

Bergson, a exemplo de outros pensadores de sua época, observa a inadequação e mesmo a insuficiência de tais métodos quando se trata de dar conta de fenômenos que envolvem a natureza humana e sua realidade interior. Ademais, nesse território, dificilmente se verificam fenômenos idênticos, mas sim apenas análogos, guardando cada um deles suas especificidades; portanto, dificilmente poderíamos formular leis de funcionamento genéricas, baseadas em princípios de causa e efeito.

Dessa forma, Bergson faz sua crítica àquilo que passa a chamar de “inteligência”: certo pensamento de caráter analítico e pragmático, com finalidades aplicativas, e que, por meio da criação e utilização de conceitos, tende a uma fixação do real, em grande medida ilusória, realizando certas simplificações redutoras a fim de justificar sua própria linha condutora. Uma destas simplificações diria respeito ao fato de serem agrupados elementos distintos da “realidade”, reunidos apenas por apresentarem uma única qualidade comum; e em nome desta qualidade, que de forma nenhuma define esses elementos em sua totalidade, são formulados conceitos genéricos que imaginam assim dar conta de organizar o “real”.

Em *Introdução à metafísica*, Bergson distingue esse procedimento pautado na análise relativa aos diversos pontos de vista sempre variáveis e insuficientes do observador frente a seu "objeto de pesquisa", daquele que considera *absoluto* e que seria dado pela *intuição*:

> Chamamos aqui intuição a *simpatia* pela qual nos transportamos para o interior de um objeto para coincidir com o que ele tem de único e, consequentemente, de inexprimível. Ao contrário, a análise é a operação que reduz o objeto a elementos já conhecidos, isto é, comum a este objeto e a outros. Analisar consiste, pois, em exprimir uma coisa em função do que não é ela. Toda análise é, assim, uma tradução, um desenvolvimento em símbolos, uma representação a partir dos pontos de vista sucessivos, em que notamos outros tantos contatos entre o objeto novo, que estudamos, e outros, que cremos já conhecer.[1]

Frente a esses conhecimentos construídos pela "inteligência", Bergson aponta para a necessidade de nos determos também em nossas experiências internas, que, como veremos, se constituem em um terreno privilegiado para atentarmos ao movimento contínuo e ininterrupto que constitui nossa consciência, ou nossa própria existência na dimensão do tempo.

> Há uma realidade, ao menos, que todos apreendemos de dentro, por intuição e não por simples análise. É nossa própria pessoa em seu fluir através do tempo. É nosso eu que dura. Podemos não simpatizar intelectualmente, ou melhor, espiritualmente, com nenhuma outra coisa. Mas simpatizamos, seguramente, conosco mesmos.[2]

É a partir das observações feitas sobre esse tempo experimentado por nossa própria interioridade que alcançará a dimensão metafísica da temporalidade. Como observa Franklin Leopoldo e Silva, "a análise dos conceitos e dos dados estritamente psicológicos tem como função abrir os horizontes para a reproblematização do tempo enquanto categoria metafísica fundamental".[3]

[1] Bergson, Henri. "Introdução à metafísica", *Bergson*, Franklin Leopoldo e Silva e Nathanael Caxeiro (trads.). São Paulo: Abril Cultural, 1979, pp. 14-15. (Coleção "Os Pensadores")
[2] Idem, p. 15.
[3] Leopoldo e Silva, Franklin. *Bergson: intuição e discurso filosófico*. São Paulo: Loyola, 1994, pp. 117-118.

É importante ressaltar mais uma vez que Bergson afirma suas posições sobretudo numa oposição às práticas de investigação científica de sua época, quando aplicadas indevidamente, como nas pesquisas realizadas na área da psicologia; dessa forma, pleiteia para a filosofia (ou ao menos para seu próprio pensamento teórico) um estatuto que possa diferenciá-la dessa apropriação indevida realizada sobretudo pela "inteligência", ao pretender explicar certos fenômenos ligados à subjetividade humana de maneira dita científica.

> O que mais tem faltado à filosofia é a precisão. Os sistemas filosóficos não se ajustam à realidade em que vivemos. São demasiadamente vastos. (...) A razão disto é que um verdadeiro sistema é um conjunto de concepções tão abstratas, e consequentemente, tão vastas, que nele caberiam todos os possíveis, e mesmo o impossível, ao lado do real.[4]

Assim se inicia um dos importantes textos de Bergson, "O pensamento e o movente" (1934). O autor salienta a ausência de precisão nos estudos realizados pela filosofia, acreditamos, sobretudo em sua época. Poderíamos imaginar que a precisão é um dos atributos fundamentais, identificados com o pensamento científico, no afã de mensurar milimetricamente os fenômenos que estuda. E uma vez que prepondera a mentalidade positivista, seria adequado imaginar que a precisão estaria presente. Contudo, Bergson se refere a uma outra precisão, muito distanciada daquela privilegiada pelas ciências ditas "exatas" como a matemática, ou seja: a precisão numérica.

Trata-se, no caso daquilo que Bergson pleiteia para os estudos específicos da filosofia, de uma precisão que possa identificar com clareza o verdadeiro objeto de seu estudo. A partir da observação do tratamento que era conferido ao tempo, Bergson aprofunda seus estudos sobre essa questão, considerando a temporalidade que é experimentada pela subjetividade humana, por nossa consciência. E chega a conclusões decisivas sobre as qualidades desse tempo vivenciado:

[4] Bergson, Henri. "O pensamento e o movente - Introdução, primeira parte" in *Bergson*, Franklin Leopoldo e Silva e Nathanael Caxeiro (trads.). São Paulo: Abril Cultural, 1979, p. 101. (Coleção "Os Pensadores")

> Sua essência (a do *tempo real*) consistindo em *passar*, nenhuma de suas partes pode permanecer ainda, quando outra se apresenta. A sobreposição das partes em vista da medida é, pois, impossível, inimaginável, inconcebível. Sem dúvida, em toda medida entra um elemento de convenção, e é raro que duas grandezas ditas iguais sejam diretamente sobrepostas. A sobreposição é possível através de um de seus aspectos ou de seus efeitos, (...) é este aspecto, este efeito, então, que medimos. Mas no caso do tempo, a ideia de sobreposição implicaria um absurdo, porque todo efeito da duração que seria sobreposto a si mesmo, e consequentemente mensurável, teria como essência a propriedade de não durar.[5]

Ora, o que se conclui é que apenas um tempo considerado homogêneo, esvaziado de sua qualidade fundamental, que é a diferença de si mesmo, pode ser mensurável. Essa concepção de tempo, tão cara aos estudos das ciências ditas exatas, em que a duração, a passagem do tempo, é na verdade abolida (e mensurável apenas pelo rastro da trajetória de um corpo que se move no espaço), é justamente aquela da qual Bergson quer se distanciar quando se trata de compreender a dimensão do tempo como constitutivo da própria "realidade". E ainda, esse movimento é observado em sua exterioridade, por meio de alguns momentos eleitos como representativos de uma suposta trajetória previsível, alguns intervalos que nada mais são do que *paradas virtuais do tempo.*

Esses procedimentos, comuns ao pensamento científico, seriam naturais, segundo Bergson, uma vez que "a função da ciência é prever; ela extrai e retém do mundo material o que é suscetível de se repetir e de ser calculado, consequentemente, o que não dura. E assim, ela não faz mais do que seguir a direção do senso comum, que já é um começo de ciência: quando falamos do tempo, comumente, pensamos na medida da duração e não na duração mesma".[6]

Assim, Bergson admite que um certo pensamento pragmático, com vistas à ação sobre o mundo da matéria, possa recorrer a esses artifícios. Mas não o pensamento dito filosófico, especulativo, que deveria se deter em pensar o tempo

[5] Bergson, Henri. "O pensamento e o movente - Introdução" in *Bergson*, op. cit., pp. 101-102.
[6] Idem, p. 102.

sob o ponto de vista qualitativo, que engendra mudança e criação constantes.

A partir de estudos realizados em sua época, visando compreender o funcionamento cerebral, Bergson passará a considerar uma importante distinção entre os aspectos propriamente fisiológicos, cujos fenômenos recebiam frequentemente explicações do tipo "causa e efeito", e o aspecto mental ou psicológico, aqui compreendido o funcionamento de nossa subjetividade.

> Bergson rompeu com toda uma fisiologia que tinha apenas um meio de pensar a função do sistema nervoso, o arco-reflexo, e que começara a dominar a partir de 1870, quando se passa a pensar em termos do sensorial e do motor. No *Ensaio sobre os dados imediatos da consciência* critica a tese da conservação da energia, colocando-a como fruto do determinismo — a noção de causalidade não pode servir para pensar o psicológico. Critica a afirmação do paralelismo entre o fisiológico e o psicológico, única justificativa para dar uma explicação mecânica em termos de um antecedente determinando algum fato específico. Tem aí como base a defesa de uma incomensurabilidade entre o antecedente e o que ele engendra: há uma síntese criativa entre passado e presente. Os fatos psicológicos não podem ser tratados como coisas que se justapõem.[7]

Dessa forma, ao afirmar que "a inteligência, ao elaborar conceitos fragmenta, espacializa e fixa a realidade", Bergson se refere às teorias científicas construídas a partir das premissas que consideram a matéria quase sempre em condições "ideais", ou seja, como objeto sem qualquer qualidade de mudança ou movimento interno, apenas como matéria que conserva em toda sua extensão as mesmas propriedades, portanto matéria homogênea. Assim procedendo, era possível então elaborar conceitos genéricos, ancorados em construções matemáticas para a solução de problemas hipoteticamente criados. Nesse sentido, quando se refere aos conceitos que espacializam o tempo, ou estagnam o movimento, coloca-se em franca oposição aos procedimentos emprestados aos estudos das ciências físicas, que se detêm no comportamento da matéria considerada inerte, sofrendo forças

[7] SCHNAIDERMAN, Miriam. *Esfarelando tempos não ensimesmados*, v. 6, n. 2. Rio de Janeiro: Ágora, jul./dez., 2003.

que lhe são aplicadas, sob a observação empírica das relações de causa e efeito; nesse caso, espaço e tempo são transformados em entidades geométricas e abstratas.

Bergson fará uma oposição entre duração e espacialização. A duração é o movimento interno a que estamos submetidos ininterruptamente; é um tempo indivisível, uma sucessão contínua, em que a memória "prolonga o passado no presente". Nossos estados de consciência não podem ser distinguidos uns dos outros, uma vez que não se constituem como partes destacáveis, mas sim como um todo indivisível. Esses estados se interpenetram, constituindo uma "unidade de diversidades".

Um estudo realizado sobre Bergson pode nos esclarecer, em grande medida, esse apenas aparente desacordo entre a unidade ou continuidade da duração, e ao mesmo tempo seu caráter de multiplicidade:

> As características fundamentais da pura duração devem-se à capacidade de penetração recíproca dos estados psicológicos. Sendo imateriais, os estados internos não estão sujeitos à lei de impenetrabilidade da matéria; assim, não oferecem resistência à fusão. [...] Esta interpenetração e solidariedade na duração possibilita aos estados da consciência durarem sem cortes e de forma contínua. E é exatamente esta continuidade na sucessão da multiplicidade de estados que possibilita à duração ser una, apesar de múltipla. Múltipla porque múltiplos são os estados que participam da duração interior, una porque a interpenetração e a continuidade entre estes múltiplos estados é tal que formam um todo único e harmonioso. [...] Esta continuidade não confere um caráter homogêneo à duração, como poderia parecer. Pelo contrário, a verdadeira duração é heterogênea, porque heterogêneos são os elementos qualitativos que a compõem.[8]

Podemos então considerar, ao mesmo tempo, o caráter de multiplicidade que é próprio à duração, sem deixar de observar--lhe a unidade, que também a caracteriza, assim como podemos concluir que é frequente uma "falsa dedução" que nos faz inferir que continuidade e homogeneidade sejam qualidades indissociáveis. E, no entanto, como tão bem nos foi aqui

[8] Bogalheira, Regina Rossetti. *Tempo em Bergson: do psicológico ao ontológico*. Mestrado em Filosofia, PUC, São Paulo, 1995, pp. 58-59.

apontada essa questão, a continuidade da duração não implica sua homogeneidade.

A espacialização do tempo seria uma espécie de redução da duração unicamente à sua trajetória, e nesse caso são abolidas as qualidades inerentes ao tempo vivenciado pela consciência, tempo esse que é heterogêneo, pura diferença de si mesmo, ininterruptamente.

Voltemos ao texto "O pensamento e o movente", em que Bergson trata desta questão:

> Ao longo de toda a história da filosofia, tempo e espaço são colocados juntos e tratados como coisas do mesmo gênero. Estuda-se então o espaço, determina-se sua natureza e função, depois transporta-se para o tempo as conclusões obtidas. As teorias do espaço e as do tempo são, assim, paralelas. Para passar de uma à outra foi suficiente mudar uma palavra: substituiu-se "justaposição" por "sucessão". Desviou-se sistematicamente da duração real. Por quê? A ciência tem suas razões para fazê-lo; mas a metafísica, que precedeu a ciência, já operava desta maneira, e não possuía as mesmas razões. Examinando as doutrinas, pareceu-nos que a linguagem havia desempenhado aí um importante papel. A duração se exprime sempre em extensão. Os termos que designam o tempo são tomados à linguagem do espaço. Quando evocamos o tempo, é o espaço que responde ao chamado. A metafísica teve de se conformar aos hábitos de linguagem, os quais se regram pelo senso comum.[9]

Note-se o destaque que Bergson atribui à linguagem, e o papel que esta desempenha na expressão do pensamento, ou, em suas próprias palavras, de que maneira a linguagem manifesta a própria "estrutura do entendimento humano", que tende a "mascarar a duração". É próprio da inteligência humana, como vimos anteriormente, reter apenas algumas posições de um móvel no espaço quando em deslocamento. Ela tende a considerar, ou até mesmo a perceber, o movimento como sendo apenas uma justaposição, realizada no espaço, de diferentes posições descontínuas, interrompidas, cujos intervalos tenderiam a se reduzir cada vez mais, no limite da sua inexistência. Contudo, trata-se apenas de congelamentos,

[9] Bergson, Henri. "O pensamento e o movente - Introdução" in *Bergson*, op. cit., p. 103.

realizados por nosso entendimento ou por nossas capacidades de raciocínio e abstração, daquilo que na realidade é indivisível, é pura continuidade. A realidade é este fluxo, é esta mudança constante. Ela não existe como imobilidade, tal como nossa inteligência pretende forjá-la. E dessa forma, segundo o autor, a própria metafísica se conduziu indevidamente, ao fixar a realidade fora da sua dimensão constitutiva, que é de natureza temporal. A criação de conceitos, a partir da suposição de um tempo homogêneo e vazio (por desconsiderar sua qualidade fundamental, a saber, a heterogeneidade), resultou em construções hipotéticas, semelhantes àquelas erigidas pela química ou pela física, que, ao apresentar suas teorias sobre o comportamento de um corpo no espaço, começam por considerar as tais "condições normais de temperatura e pressão", ou ainda a "inexistência de atrito", como que a salvaguardar seus experimentos de qualquer imprevisibilidade.

Pois o que na realidade caracteriza qualquer circunstância dita "normal" é, em grande medida, sua imponderabilidade; do contrário, estaríamos a pressupor a mera repetição vazia dos fenômenos que envolvem a natureza das coisas, e ainda estaríamos também a pressupor uma realidade da qual somos meros espectadores, isentos de qualquer possibilidade de interferência ou participação.

Como vimos, para Bergson essas premissas até se justificam quando se trata de experimentos de caráter científico, mas naquilo que diz respeito às questões da filosofia seriam no mínimo inadequadas; quando não, estariam a criar falsos problemas, ao eliminar aquilo que é substancial para a compreensão da realidade, ou seja, seu caráter temporal.

Será interessante aqui observarmos algumas ideias de Bergson, proferidas em duas conferências apresentadas na Universidade de Oxford, em 1911, sob o título "A percepção da mudança".[10]

Na primeira delas, Bergson se propõe a pensar "sobre as características gerais de uma filosofia que se apegasse à intuição da mudança", uma vez que considera que "raciocinamos e filosofamos como se a mudança não existisse".[11]

[10] Bergson, Henri. *O pensamento e o movente*, Bento Prado Neto (trad.). São Paulo: Martins Fontes, 2006, cap.V.

[11] Idem, p. 150.

Nossa percepção é naturalmente limitada, ancorada em um ponto de vista que será sempre parcial; ao mesmo tempo, temos a capacidade de conceber e raciocinar; segundo Bergson, "conceber é um paliativo quando não é dado perceber, e o raciocínio é feito para colmatar os vazios da percepção ou para estender seu alcance".[12]

Assim, são nossas próprias capacidades de raciocínio e de abstração, que de alguma forma se sobrepõem a nossas capacidades perceptivas, assim obliteradas, que nos levam a concepções parciais e por vezes equivocadas do real.

A história da filosofia, desde sua origem, com os primeiros pensadores da Grécia Antiga, atesta, em grande medida, o embate estabelecido entre aquilo que seria a "essência" do mundo das coisas e a sua simples "aparência", ou seja, os dados que nos são apresentados diretamente aos sentidos seriam enganosos e uma suposta verdade se encontraria em um plano considerado superior, qual seja, o mundo das ideias. Essa seria a tradição platônica, que orientou grande parte do pensamento filosófico (metafísico), e, apesar de ter sido contestada ao longo dos tempos, prevaleceu a ideia de que a filosofia opera fundamentalmente pela capacidade de abstração e de raciocínio, por meio de conceitos, relegando as capacidades perceptivas a um plano inferior ou pelo menos insuficiente para dar conta de compreender a "realidade".

Gilles Deleuze foi observador acurado das teorias de Bergson e, de forma original, retomou algumas de suas ideias fundamentais. Vejamos algumas de suas observações:

> De qualquer maneira, nós podemos dizer desde já que não haverá em Bergson a menor distinção de dois mundos, um sensível, outro inteligível, mas somente dois movimentos ou antes dois sentidos de um único e mesmo movimento: um deles é tal que o movimento tende a se congelar em seu produto, no resultado que o interrompe; o outro sentido é o que retrocede, que reencontra no produto o movimento do qual ele resulta. Do mesmo modo, os dois sentidos são naturais, cada um à sua maneira: o primeiro se faz segundo a natureza, mas esta corre aí o risco de se perder a cada repouso, a cada respiração; o segundo

[12] Bergson, Henri. *O pensamento e o movente*, op. cit., p. 151.

se faz contra a natureza, mas ela aí se reencontra, ela se retoma na tensão. O segundo só pode ser encontrado sob o primeiro, e é sempre assim que ele é reencontrado. Nós reencontramos o imediato, porque, para encontrá-lo, é preciso retornar."[13]

Portanto, segundo Deleuze, o movimento que tende a se congelar em seu produto seria aquele realizado por nossas capacidades de abstração, tão bem representadas pelo dito conhecimento científico, e que desta forma interrompe a temporalidade que o constitui como tal, ou seja, sua existência se dá na duração. O outro movimento seria o de recuperar, de reencontrar esse movimento do qual esse produto resulta. A recuperação dessa dimensão fundamental do tempo é dada, então, nesse retorno, quando são devolvidas a nossas capacidades perceptivas as propriedades que elas de fato têm no processo de apreensão do mundo das coisas.

Voltemos ainda a Deleuze:

> Se a ciência é um conhecimento real da coisa, um conhecimento da realidade, o que ela perde ou simplesmente corre o risco de perder não é exatamente a coisa. O que a ciência corre o risco de perder [...] é menos a própria coisa do que a diferença da coisa, o que faz seu ser, o que faz que ela seja sobretudo isto do que aquilo, sobretudo isto do que outra coisa. Bergson denuncia com energia o que lhe parece ser falsos problemas [...] Se tais problemas são falsos, mal colocados, isso acontece por duas razões. Primeiro porque eles fazem do ser uma generalidade, algo de imutável e de indiferente que, no conjunto imóvel em que é tomado, pode distinguir-se tão somente do nada, do não ser. Em seguida, mesmo que se tente dar um movimento ao ser imutável assim posto, tal movimento será apenas o da contradição, ordem e desordem, ser e nada, uno e múltiplo.[14]

Dessa forma, para Bergson, a partir da leitura de Deleuze, a filosofia deveria abordar o mundo de maneira diversa daquela que realiza o pensamento científico. Contrapondo-se à generalização, deveria atentar às nuances, às mínimas diferenças que compõem o real; deter-se menos nas coisas propriamente ditas do que no

[13] Deleuze, Gilles. *Bergsonismo*, Luiz B.L. Orlandi (trad.). São Paulo: Editora 34, 2004, p. 127.
[14] Idem, p. 128.

movimento que as constitui; evitar tomar como referência o que o autor chama de "produto" — resultado de uma abstração — pois ali encontrará apenas uma parcela reduzida da coisa, nunca sua totalidade. E, ainda, salienta que a diferença não é dada por uma simples relação de alteridade, de oposição àquilo que ela não é; mas sim, que a diferença deve ser pensada como alteração, como mudança, contida no próprio ser da coisa.

Bergson nos sugere ainda a observação da prática artística, em que identifica uma espécie de "alargamento" do campo perceptivo, como se o artista fosse a demonstração possível de nossas capacidades naturais inexploradas, ao nos fazer ver aquilo que na maior parte das vezes nos escapa. E salienta justamente na figura do artista uma certa atividade "desinteressada", diferente daquela com a qual nos ocupamos fundamentalmente. Estamos atentos às nossas necessidades mais prementes; e não temos, portanto, a mesma disponibilidade para uma atitude mais contemplativa. Normalmente, visamos à realidade no sentido de nossas necessidades voltadas para a ação, e esse recorte elimina tudo aquilo que não diz respeito aos nossos interesses mais imediatos.

Ainda, segundo Franklin Leopoldo e Silva:

> É por nos proporcionar esta espécie de excedente de percepção e de compreensão sobre o mundo e sobre nós que a obra de arte se faz portadora de *saber*, e é isto que a aproxima da filosofia, guardada sempre a distância entre os dois modos de apreensão e de expressão da verdade em diferentes gêneros de discurso.[15]

Assim, Bergson pleiteia para a própria filosofia uma "conversão da atenção", à semelhança da prática do artista, buscando recuperar a importância de nossas capacidades perceptivas, e diferenciando a atividade eminentemente especulativa do pensamento filosófico de qualquer vinculação com o mundo da "ação". Observa ainda que as razões que conduziram o pensamento filosófico a colocar-se "acima do Tempo" são devidas ao fato de identificarem na mudança observada em nós mesmos e no mundo

[15] Leopoldo e Silva, Franklin. "Bergson, Proust: tensões do tempo", in *Tempo e história*, São Paulo: Companhia das Letras, 2006, p. 142.

concreto uma espécie de impedimento para a compreensão daquilo que seria a "verdadeira essência imutável" das coisas:

> A metafísica nasceu, com efeito, dos argumentos de Zenão de Eleia relativos à mudança e ao movimento. Foi Zenão, ao chamar a atenção para o absurdo daquilo que ele chamava de movimento e de mudança, quem levou os filósofos — Platão em primeiro lugar — a procurar a realidade coerente e verdadeira naquilo que não muda.[16]

É como se precisássemos nos afastar de certos hábitos de pensamento que tornamos naturais, para que pudéssemos recuperar a capacidade de perceber, de fato, a mudança: Bergson atenta para o fato de que, muito frequentemente, tratamos o movimento e a mudança de forma inadequada, ou seja, transferimos para o tempo as qualidades que encontramos no comportamento da matéria que ocupa lugar no espaço, tais como justaposição, divisibilidade, na ilusão de assim poder compreendê-lo. Temos a necessidade de imobilizar o movimento, por meio do registro de suas posições sucessivas no espaço, e ainda acreditamos, neste caso, que é o bastante para apreender a mudança, observar apenas essas posições, e por meio dessas imobilidades reconstituir sua trajetória. Mas, como já vimos, o tempo possui as propriedades de interpenetração e de indivisibilidade, e a realidade propriamente dita contém o movimento como elemento que a constitui. Dessa forma, o movimento não é simplesmente uma circunstância ocasional da realidade, não possui caráter apenas acidental; o movimento é anterior aos objetos que se movem: esses objetos têm sua existência *no* tempo; portanto, o movimento é a própria condição de ser dessa realidade. E é justamente na mudança que podemos reconhecer o caráter ontológico do tempo.

> A mudança, se consentirem em olhá-la diretamente, sem véu interposto, bem rapidamente lhes aparecerá como o que pode haver no mundo de mais substancial e de mais durável. Sua solidez é infinitamente superior à de uma fixidez que não é mais que um arranjo efêmero entre mobilidades.[17]

[16] Bergson, Henri. *O pensamento e o movente*, op. cit., p. 162.
[17] Idem, p. 173.

À semelhança da fixação realizada por nossas capacidades de raciocínio e de nossas necessidades de compreensão, ou até mesmo como decorrência delas, a linguagem convencional ou partilhada, ao nomear os significados que atribui à realidade, tende também a uma certa fixação ou imobilização desses mesmos significados, para não dizer também da própria realidade. Bergson observa se tratar de um procedimento feito em nome dos hábitos da linguagem, dados pelo senso comum e mesmo pela ciência. Ora, no caso do discurso próprio à filosofia, tal como o autor o compreende, deve haver (e em seu caso de fato há) uma certa mobilidade dos significados atribuídos às palavras, dependendo da forma como são inseridas dentro do discurso. É quase como se formulasse dessa maneira, para os termos da linguagem, uma espécie de "significado relativo", como que a abrir a possibilidade de uma fresta, de um descolamento entre a linguagem e a coisa nomeada. Com isso, está também a admitir a existência de uma outra dimensão da própria linguagem, para além do uso dado pelo dito "senso comum", e que se identifica, por exemplo, com o trabalho realizado pela prosa e pela poesia, ou seja, um trabalho que dirige seu olhar para *dentro* da própria linguagem, concebendo-a como "matéria plástica", moldável aos sentidos que lhe desejamos atribuir.

A esse respeito, há uma passagem importante escrita pelo próprio Bergson que esclarece, talvez melhor do que qualquer outro, essa mesma questão. Encontra-se em um texto escrito em 1924 — "Como devem escrever os filósofos"[18]. Reproduzimos, então, suas próprias palavras:

> [...] É inútil e será, aliás, cada vez com mais frequência impossível ao filósofo começar por definir — como alguns lhe demandam — o novo significado que ele atribuirá a um termo usual, pois todo seu estudo, todos os desenvolvimentos que ele vai nos apresentar terão por objeto analisar ou reconstituir com exatidão e precisão a coisa que este termo designa vagamente aos olhos do senso comum; e a definição em semelhante matéria não pode ser *senão* esta análise ou esta síntese; ela não se sustentaria em uma fórmula simples. [...] Sua exposição *é* a própria definição.

[18] Bergson, Henri. "Le vocabulaire de H. Bergson", in Worms, Frédéric (ed.). *Philosophie*, n. 54, Paris: Minuit, 1997, p. 7.

Dessa forma, os principais conceitos, ou antes, as principais ideias da filosofia bergsoniana deverão ser observadas *de dentro* de seu contexto particular, a saber, a partir de seu emprego *no* próprio discurso, em que esses termos aparecem constantemente dando-nos as evidências de seus significados relativos. Muitas vezes, esses conceitos se encontrarão articulados entre si, como veremos, de tal forma que será até mesmo difícil isolá-los e compreendê-los por si mesmos. Os termos se implicam mutuamente, e quase dependem uns dos outros para se esclarecerem.

Vejamos, então, de que forma o termo "percepção" se relaciona intimamente com outros conceitos importantes da teoria de Bergson, a saber "memória" e "duração". Para o filósofo, perceber a realidade é antes de tudo reconhecê-la: só percebemos aquilo que de alguma forma já conhecemos; a percepção pressupõe, portanto, um registro anterior que se relaciona, por analogia ou semelhança, com aquilo que é percebido. Esse registro é a própria memória, que se presentifica à medida que nossa percepção a solicita e convoca, em direção a nossa ação possível sobre a realidade. Dessa forma, percepção e memória se conjugam o tempo todo, na medida em que perceber é recortar do conjunto das imagens aquilo que apenas reconhecemos.

A persistência de uma unidade na dimensão do tempo, que sempre reconhece a si mesma, ainda que em constante transformação, é a própria memória, a consciência da existência e da continuidade de nosso ser, que se faz e refaz ininterruptamente, quase que como um outro de si mesmo.

Assim, podemos concluir que os conceitos de duração, memória e percepção encontram-se entrelaçados na teoria bergsoniana: ter a consciência de que somos seres temporais, que "duram", é reconhecer a própria existência da memória, ou é ter a consciência de nosso movimento interno ininterrupto de constante transformação.

E ainda, como afirma o próprio Bergson:

> Na verdade, não há percepção que não esteja impregnada de lembranças. Aos dados imediatos e presentes de nossos sentidos misturamos milhares de detalhes de nossa experiência passada. Na maioria das vezes, estas lembranças deslocam nossas percepções reais, das quais não retemos então mais que

algumas indicações, simples "signos", destinados a nos trazerem à memória antigas imagens. [...] Por mais breve que se suponha uma percepção, com efeito, ela ocupa sempre uma certa duração, e exige consequentemente um esforço da memória, que prolonga, uns nos outros, uma pluralidade de momentos. Mesmo a "subjetividade" das qualidades sensíveis, como procuraremos mostrar, consiste sobretudo em uma espécie de contração do real, operada por nossa memória. Em suma, a memória sob estas duas formas, enquanto recobre com uma camada de lembranças um fundo de percepção imediata, e também enquanto ela contrai uma multiplicidade de momentos, constitui a principal contribuição da consciência individual na percepção, o lado subjetivo de nosso conhecimento das coisas.[19]

Esses breves esclarecimentos a respeito do significado que os termos acima mencionados adquirem para Bergson serão fundamentais para o desenvolvimento de nosso trabalho, sobretudo quando contemplarmos as aproximações possíveis da obra do filósofo com o romance proustiano.

Parece-nos oportuno, ainda, investigar outra passagem de "Introdução à metafísica", no que diz respeito à explicitação do conceito de duração, dado a partir de um depoimento em primeira pessoa, como que a ressaltar o caráter subjetivo fundamental à apreensão da experiência da temporalidade; consideramos importante atentar para a série de imagens utilizadas em sua construção, e ao desfecho que acaba por concluir sobre a importância desse recurso para "dirigir a consciência para o ponto preciso em que há uma certa intuição a ser apreendida".[20] Dessa forma, escolhemos transcrever esse trecho na sua íntegra, o que nos trará a oportunidade de diversas observações que julgamos pertinentes ao interesse de nossa pesquisa.

Quando passeio sobre (por) minha pessoa, suposta inativa, o olhar interior de minha consciência, percebo primeiramente, como uma crosta solidificada na superfície, todas as percepções que lhe advêm do mundo material. Estas percepções são nítidas, distintas, justapostas ou passíveis de se justaporem umas às outras; elas procuram se agrupar em *objetos*. Percebo em

19 Bergson, Henri. *Matéria e memória*, Paulo Neves (trad.). São Paulo: Martins Fontes, 2006, pp. 30-31. (Coleção "Tópicos")
20 Bergson, Henri. "Introdução à metafísica", in *Bergson*, op. cit., p. 17.

seguida lembranças mais ou menos aderentes a estas percepções e que servem para interpretá-las; estas lembranças como que se destacam do fundo de minha pessoa, atraídas à periferia pelas percepções que se assemelham a elas; estão colocadas em mim sem ser absolutamente eu mesmo. Sinto enfim se manifestarem tendências, hábitos motores, uma quantidade de ações virtuais mais ou menos solidamente ligadas a essas percepções e lembranças. Todos esses elementos de formas bem definidas me parecem tanto mais distintos de mim quanto mais distintos são uns dos outros. Orientados de dentro para fora, constituem, reunidos, a superfície de uma esfera que tende a se expandir e a se perder no mundo exterior. Mas se me concentro da periferia para o centro, se procuro no fundo de mim mesmo o que é mais uniforme, mais constante, mais durável, eu mesmo encontro algo totalmente diferente.

É, por sob estes cristais bem recortados e este congelamento superficial, uma continuidade que se escoa de maneira diferente de tudo o que já vi escoar-se. É uma sucessão de estados em que cada um anuncia aquele que o segue e contém o que o precedeu. A bem dizer, eles só constituem estados múltiplos quando já passei por eles e me volto para trás a fim de observar-lhes o rastro. Enquanto os experimentava, estavam tão solidamente organizados, tão profundamente dotados de uma vida comum, que eu não poderia dizer onde qualquer um deles termina, onde começa o outro. Na realidade, nenhum deles acaba ou começa, mas todos se prolongam uns nos outros.

É, se quisermos, o desenrolar de um novelo, pois não há ser vivo que não se sinta chegar pouco a pouco ao fim da sua meada; e viver consiste em envelhecer. Mas é, da mesma maneira, um enrolar-se contínuo, como o de um fio numa bola, pois nosso passado nos segue, avoluma-se incessantemente a cada presente que incorpora em seu caminho; e consciência significa memória.

A bem dizer, não é nem um enrolar-se nem um desenrolar-se, pois estas duas imagens evocam a representação de linhas ou de superfícies cujas partes são homogêneas entre si e superponíveis umas às outras. Ora, não existem dois momentos idênticos num ser consciente. Tomemos o sentimento mais simples, suponhamo-lo constante, absorvamos nele a personalidade inteira: a consciência que acompanhará este sentimento não poderá permanecer idêntica a si mesma durante dois momentos consecutivos, pois o momento seguinte sempre contém, além do precedente, a lembrança que este lhe deixou. Uma consciência que tivesse dois momentos idênticos seria uma consciência sem memória. Ela pereceria e renasceria sem cessar. Como representar-se de outra forma a inconsciência?[21]

Um primeiro comentário sobre essa parte inicial do texto, para logo a seguir continuarmos: Bergson nos fala a partir de um passeio por sua própria pessoa, suposta inativa (sim, supostamente sem ação ou movimento, mas, como vimos, seria um ser movente, um ser na duração), observando-se pelo olhar interior de sua própria consciência, momento de autorreflexão na tentativa de estabelecer algumas das diferenças que caracterizam o contato que se percebe ter com o mundo material e posteriormente com sua própria interioridade; talvez aqui possamos identificar as categorias do próprio filósofo, a saber, o "eu superficial" e o "eu profundo". A ideia de uma "crosta solidificada" sugere um limite propriamente físico entre essa superfície de contato com o mundo material e sua interioridade. Ali, suas percepções se apresentam com clareza e distinção, e a sua presença são convocadas, do "fundo de sua pessoa", as lembranças que se assemelham a essas percepções, no intuito de interpretá-las.

Sob essa superfície de contato, feita de cristais bem recortados e congelados, encontraríamos uma continuidade de escoamento, uma sucessão de estados, que podemos identificar como sendo a duração, o movimento incessante que caracteriza nossa existência interior, nosso "centro", colocado no texto como oposição à localidade periférica que caracteriza, segundo o autor, nossa parte superficial em contato com o mundo exterior.

Há uma enorme profusão de termos emprestados do mundo material e da organização espacial, ainda que se trate de um espaço subjetivo, para dar conta de situar as diferenças que nos compõem, segundo Bergson. Até mesmo o modelo emprestado da geologia comparece, na forma da crosta solidificada ou congelada, por baixo da qual se identifica a fluidez ou o escoamento do que caracteriza o estado líquido, imagens que sugerem as formas a que está submetida a matéria quando exposta a diferentes graus de temperatura. Como que a confirmar a dificuldade de nominarmos ou expressarmos, por meio da linguagem escrita,

[21] Bergson, Henri. *Introdução à metafísica*. op. cit., pp. 15-16.

aquilo que pressupomos serem as organizações internas de nosso pensamento. As analogias ou semelhanças que imaginamos existir entre nosso funcionamento interno e uma organização que percebemos na disposição dos corpos no espaço permeiam nossa linguagem na forma das metáforas espaciais. Para além de um recurso que nos parece dado apenas por aquilo que chamamos "figuras de linguagem", estaria talvez um recurso que é antes de tudo próprio a nosso pensamento, quando evoca as analogias e semelhanças que identifica entre aquilo que percebe e aquilo que retém sob a forma de memória acumulada.

E mesmo a consciência da duração só se pode fazer *a posteriori*, ao se voltar para trás e observar-lhe o rastro, ou seja, é preciso sair dela mesma, interrompê-la e sustentá-la por um instante para concluí-la como sendo continuidade pura. Essa imagem é particularmente importante no que diz respeito à enorme relutância de Bergson em admitir a temporalidade como percurso, o que seria uma forma de espacializá-la; pois a consciência da duração é dada a partir da imagem de um deslocamento, de um caminho percorrido que deixa rastros. Ora, poderíamos dizer que os rastros são como a memória desse percurso, e que voltar atrás e observá-los é como tornar presente, naquele momento, o passado que constitui essa trajetória. (Voltaremos a essa questão oportunamente, quando tratarmos, propriamente, da relação entre Bergson e Proust).

Um pouco mais adiante, comparece a imagem do rolo de fios, mas que é em seguida contestada pelo próprio autor, por identificar nela uma representação indesejável de linhas e superfícies que poderiam remeter à ideia de homogeneidade das partes, longe do que Bergson compreende por qualidade única de cada parcela desses mesmos "fios" que nos compõem. Enfim, como veremos ao seguir o texto, outras imagens serão trazidas, mas sempre com as devidas ressalvas às insuficiências e inadequações que cada uma delas, isoladamente, apresenta.

> ... Seria preciso, pois, evocar a imagem de um espectro com mil nuances, com gradações insensíveis que fazem com que passemos de um tom a outro. Uma corrente de sentimento que atravessaria o espectro tingindo-se, de cada vez, com cada uma das nuances, experimentaria mudanças graduais, cada uma delas

> anunciando a seguinte e resumindo nela as que a precedem. Ainda as nuances sucessivas do espectro permaneceriam sempre exteriores umas às outras. Elas se justapõem. Elas ocupam espaço. Ao contrário, o que é duração pura exclui qualquer ideia de justaposição, de exterioridade recíproca e de extensão.
>
> Imaginemos, pois, um elástico infinitamente pequeno, contraído, se isto fosse possível, num ponto matemático. Estiquemo-lo progressivamente de forma a fazer sair do ponto uma linha que irá sempre se encompridando. Fixemos nossa atenção, não na linha enquanto tal, mas sobre a ação que a traça. Consideremos que essa ação, a despeito de sua duração, é indivisível, se supusermos que ela se realiza sem interrupção; que, se intercalarmos uma interrupção, faremos dela duas ações em vez de uma, e cada uma dessas ações será então o indivisível de que falamos; porque não é a ação de mover, ela própria, que é divisível, mas a linha imóvel que ela deposita atrás de si como um vestígio no espaço. Descartemos, enfim, o espaço que subjaz ao movimento para considerar apenas o próprio movimento, o ato de tensão ou de extensão, enfim, a mobilidade pura. Teremos desta vez uma imagem mais fiel de nosso desenvolvimento na duração.[22]

Como dissemos anteriormente, permanece uma grande relutância em admitir qualquer relação com aquilo que possa identificar a duração com características de ordem espacial; assim, a imagem do espectro com mil matizes, ainda que cuidadosamente descrito de tal forma que cada gradação conteria a anterior e anunciaria a próxima, acaba por sugerir uma justaposição, uma relação de exterioridade entre eles que se torna indesejável.

Em seguida, a imagem do elástico, logo descartada para fazer presente apenas a tensão e o movimento a que ele foi submetido; e a diferença estabelecida entre esse movimento e uma suposta linha imóvel que é depositada pela ação, abaixo dela como um vestígio no espaço. De forma semelhante, como vimos logo acima no caso dos rastros, o vestígio se configura como sendo a própria memória do movimento, novamente um sinal, uma marca que funcionaria como testemunho de um caminho percorrido. A própria ideia de puxar um elástico contraído num ponto matemático, ainda que com a ressalva do "se fosse possível",

[22] Bergson, Henri. *Introdução à metafísica*. op. cit., p. 16.

desenhando então uma linha que cresce progressivamente, reitera a imagem de um movimento que se poderia imaginar realizado no espaço; contudo, o que Bergson enfatiza, antes de tudo, é a "ação" propriamente dita, que acaba por traçar, consequentemente, esta trajetória.

Voltemos, então, à última parte do texto.

> ... E, entretanto, essa imagem será ainda incompleta, e toda comparação, aliás, será insuficiente, pois o desenrolar-se de nossa duração se assemelha em certos aspectos à unidade de um movimento que progride, em outros, a uma multiplicidade de estados que se espalham, e nenhuma metáfora pode dar conta de um dos dois aspectos sem sacrificar o outro. Ao evocar um espectro de mil nuances, tenho diante de mim algo terminado, enquanto que a duração se faz continuamente. Ao pensar num elástico que se alonga, numa mola que se encolhe ou se distende, esqueço a riqueza de cores que é característica da duração vivida para não ver mais que o movimento simples pelo qual a consciência passa de um matiz a outro. A vida interior é tudo isso ao mesmo tempo, variedade de qualidades, continuidade de progresso, unidade de direção. Não poderíamos representá-la por imagens.
>
> Mas muito menos a representaríamos por *conceitos*, isto é, por ideias abstratas, ou gerais, ou simples. Sem dúvida, nenhuma imagem jamais reproduzirá por completo o sentimento original que tenho do escoamento de mim mesmo. Mas também não é necessário que tentemos reproduzi-lo. Àquele que não fosse capaz de dar-se a si mesmo a intuição da duração constitutiva de seu ser, nada jamais o faria, e os conceitos menos ainda que as imagens. O único objetivo do filósofo deve ser o de provocar aqui um certo trabalho que os hábitos de espírito mais úteis à vida tendem a entravar na maioria dos homens. Ora, a imagem tem pelo menos a vantagem de nos manter no concreto. Nenhuma imagem substituirá a intuição da duração, mas muitas imagens diversificadas, emprestadas à ordem de coisas muito diferentes, poderão, pela convergência de sua ação, dirigir a consciência para o ponto preciso em que há uma certa intuição a ser apreendida.[23]

Assim, Bergson confirma a importância de um discurso filosófico que tenha a propriedade de mobilizar nossas capacidades intuitivas, no sentido de despertar-lhes a possibilidade

[23] Bergson, Henri. *Introdução à metafísica*. op. cit., p. 16-17.

de atingir uma compreensão dos fatos ou fenômenos, cuja natureza escapa ao entendimento apenas "inteligente"; e que, no limite, seria indizível, mas apenas passível de ser sugerido pelo discurso. Isso porque operar sobre a realidade por meio de conceitos implica (sobre a mesma) uma fixidez que não lhe corresponde. Implica também um distanciamento das qualidades heterogêneas que a constituem, de tal forma que acabamos por tomá-la de forma sempre parcial, incompleta. A linguagem que caracteriza um certo discurso filosófico, aquele que se pauta e se desenvolve apenas na articulação de conceitos estabelecidos *a priori*, termina por construir um universo de ideias próprio, fechado em torno de si mesmo. Essa seria talvez a armadilha maior na qual a própria linguagem pode nos enredar. E como nos afirma Franklin Leopoldo e Silva:

> O gênero conceitual é o que menos convém à linguagem da filosofia porque nele a consolidação dos significados se dá à custa do esquecimento da origem da designação, o ato metafórico no seu movimento de nomeação. Ocorre então a oposição entre a expressão cristalizada e o conteúdo fluente. A inaptidão do conceito deriva de sua índole contrária ao objeto da filosofia. Daí a estreita vinculação entre o problema do método e o problema da linguagem.[24]

Dessa maneira, a fixação dos significados operada pela linguagem conceitual constitui-se como um anteparo, ou um "véu", nas palavras de Bergson, que se interpõe entre a realidade e sua apreensão intuitiva. Acaba por se tornar, no limite, um impedimento para o contato direto com a temporalidade inerente ao fluxo da vida. Há como uma incompatibilidade entre essa fixação operada pela linguagem conceitual e a apreensão daquilo que, no limite, sempre parece escapar à imobilidade, e que é característica fundamental da temporalidade que constitui o próprio real.

Nesse sentido, como vimos no longo trecho constituído por uma série de imagens que buscam atingir uma compreensão do que seja a duração, a linguagem figurada apresenta a vantagem de representar, ou apenas sugerir, a mobilidade ou a fluidez que

[24] Leopoldo e Silva, Franklin. *Bergson: intuição e discurso filosófico*. op. cit., pp. 26-27.

se encontra com nossa própria capacidade intuitiva de entendimento da realidade.

A intuição, portanto, tida como método para a filosofia de Bergson, termina por privilegiar a linguagem que mais se afaste de qualquer cristalização dos significados que as palavras queiram atribuir ao "real"; podemos ainda considerar que essa valorização da linguagem metafórica, feita por Bergson, se constitui em uma subversão do discurso que se articula apenas por meio de conceitos. Ainda segundo Franklin Leopoldo e Silva:

> A lógica do conhecimento da inteligência, que na linguagem se expressa no gênero conceitual, é consequência da "opção"ontológico-natural que se deu na origem do processo evolutivo: a recusa da intuição. [...] Entendemos no entanto que, para Bergson, tal impossibilidade (de expressão da temporalidade no discurso filosófico) não faz calar a filosofia. À recusa do gênero conceitual corresponde a tentativa de constituir a linguagem da filosofia sobre o fundamento da sugestão significativa, que metodologicamente se exprime na multiplicidade confluente das metáforas. A linguagem pode sugerir aquilo que não lhe cabe expressar.[25]

Dessa forma, a partir da valorização de uma linguagem que encaminha nossa consciência para a possível apreensão de uma intuição, imaginamos poder estabelecer a relação entre o discurso literário de Proust e algumas das ideias tão caras ao pensamento de Bergson.

Evidentemente, estaremos confrontando dois discursos que possuem intenções diversas; não poderíamos afirmar que Proust pretendia nos legar um tratado filosófico. Tampouco que Bergson, apesar de valorizar o discurso metafórico, teria nos deixado, nesse caso, uma obra literária.

O processo de metaforização em Bergson obedece a critérios distintos daqueles que orientam a narrativa proustiana. São diferentes formas de falar metaforicamente sobre o tempo, envolvendo diferentes concepções sobre ele. Teremos a oportunidade de observar, neste próximo capítulo, como a obra

[25] Leopoldo e Silva, Franklin. *Bergson: intuição e discurso filosófico*. op. cit., pp. 26-27.

de Proust concebe as diferentes apreensões possíveis sobre o tempo.

Enfim, não se trata de identificarmos “sobreposições” na expressão do pensamento de cada um deles, mas sim de aproximá-los, sob o ponto de vista das afinidades que ambos possam revelar.

CAPÍTULO II
Em busca do tempo perdido, Marcel Proust

A obra de Proust, desde sua publicação, foi e continua sendo objeto de infindáveis estudos, de diversas naturezas: há quem tenha se dedicado a fazer minuciosos levantamentos sobre as Igrejas que teriam servido de modelos para as detalhadas descrições que compõem o cenário da obra; há estudos detalhados sobre os perfis psicológicos de suas tão bem desenhadas personagens; outros, de caráter sociológico, sobre os hábitos e comportamentos da sociedade francesa da época, de uma aristocracia que vinha perdendo terreno para a ascendente burguesia, ávida por prestígio e reconhecimento.[1] Há ainda interessante estudo sobre a relação de Proust com a fotografia,[2] que em sua época passaria a obter estatuto de arte, assim como seu particular interesse por toda uma série de instrumentos ópticos que, como dissemos anteriormente, aparecem com frequência na obra em questão. Apenas cito alguns entre tantos outros feitos e quem sabe ainda por fazer; trata-se de um material inesgotável para os mais diversos "recortes", análises e interpretações possíveis.

No caso desta nossa pesquisa em particular, selecionamos apenas alguns estudos dentre tantos, uma vez que a intenção primeira é buscar as aproximações possíveis entre a obra proustiana e algumas das ideias de Bergson. Contudo, será impossível deixar de mencionar algumas obras fundamentais que contemplaram e analisaram o romance proustiano, ainda que não caminhem na mesma direção das questões levantadas aqui.

Um texto em particular — "O espaço proustiano" —, de Georges Poulet,[3] ocupará grande parte de nossa atenção neste capítulo, uma vez que aborda questões essenciais para o desenvolvimento de nossa reflexão: seriam as observações feitas por esse autor a respeito da espacialização do tempo realizada

[1] Tadié, Jean-Yves (org.). *Marcel Proust, l'écriture et les arts.* Paris: Gallimard / Bibliothèque Nationale de France / Réunion des Musées Nationaux, s/d.

[2] Brassaï. *Proust e a fotografia*, André Telles (trad.). Rio de Janeiro: Jorge Zahar, 2005.

[3] Poulet, Georges. *O espaço proustiano*, Ana Luiza B. Martins Costa (trad.). Rio de Janeiro: Imago, 1992. (Biblioteca Pierre Menard)

por Proust em seu romance. Poulet considera que haveria uma oposição entre a duração bergsoniana e algumas das metáforas proustianas que se referem ao tempo.

Dessa forma, vamos nos deter em algumas das questões levantadas por Poulet, no intuito de observar e argumentar em que medida elas correspondem a nosso entendimento sobre as relações de afinidade entre as obras de Bergson e de Proust.

Na forma inaugural do chamado romance moderno, *Em busca do tempo perdido* se constitui em um extenso relato, feito na primeira pessoa do singular (permitindo assim a expressão de toda a subjetividade desse narrador, e consequentemente uma grande identificação com o leitor), das relações que estabelece com sua própria história e com a realidade que o cerca, conjugadas a uma enorme série de reflexões de caráter bastante subjetivo, assim como a verdadeiros "ensaios filosóficos", suscitados à medida que o romance se desenrola.

Seria importante frisarmos que a origem da obra maior de Proust, *Em busca do tempo perdido*, confunde-se, em grande medida, com um ensaio de crítica literária — *Contre Sainte-Beuve*; um dos textos que compõem a publicação a que fizemos referência, organizada por Jean-Yves Tadié, trata justamente do caminho que conduziu Proust desse ensaio para sua obra de ficção, por meio dos estudos de seus manuscritos:

> O interesse dos manuscritos de Proust não reside apenas nos detalhes que revelam de maneira flagrante o advento de diversas figuras importantes do grande romance, mas também e sobretudo na sua gestação difícil dos anos 1908-1909, neste percurso tateante de um *Contre Sainte-Beuve* em direção à *Recherche*.[4]

Talvez esse fato nos esclareça, em alguma medida, como Proust, ao encaminhar-se do ensaio para a ficção, manteve, ao longo do romance, uma série de reflexões de caráter verdadeiramente crítico ou mesmo filosófico, sobre a literatura e sobre outras manifestações da arte, como a música e a pintura.

Sainte-Beuve foi um importante crítico literário, contemporâneo de Proust, que defendia a existência de uma estreita relação

[4] Yoshikawa, Kazuyoshi. "Les manuscrits de Proust, La naissance de la *Recherche*" in Tadié, Jean-Yves, op. cit., p. 111.

entre obra e autor, ou seja, era preciso conhecer a história pessoal do escritor para então avaliar sua produção. Proust se colocou contra essa posição, alegando serem autor e obra dois universos distintos e, como veremos, *Em busca do tempo...* seria talvez a mais contundente resposta a essa posição dogmática, encarnada não só em Sainte-Beuve, mas também na clássica divisão dos gêneros literários, em que as *belles-lettres* designavam apenas uma espécie de literatura vazia, do "dizer-bem-e-bonito". Pois Proust é capaz de contemplar, ao mesmo tempo, as exigências da trama do romance e as mais profundas questões que vão sendo introduzidas, a partir dessa mesma trama, como breves ensaios filosóficos. Teremos a oportunidade de observar nesse capítulo algumas passagens emblemáticas desta preciosa construção.

Paul Ricoeur, em seu livro *Tempo e narrativa*,[5] faz algumas observações a respeito dessa espécie de desdobramento do narrador:

> *Em busca...* nos faz ouvir pelo menos duas vozes narrativas, aquela do herói e aquela do narrador. [...] O herói conta suas aventuras mundanas, amorosas, sensoriais, estéticas, à medida que estas ocorrem. Neste caso, a enunciação toma a forma de uma marcha em direção ao futuro, ainda que se tratem às vezes das reminiscências do herói. [...] Porém, é preciso também ser capaz de ouvir a voz do narrador, que está à frente da progressão realizada pelo herói, uma vez que a observa de cima. [...] E sobretudo é o narrador quem dá o significado à experiência recontada pelo herói — tempo redescoberto, tempo perdido. [...] A homonímia do autor e do narrador em certo momento reina absoluta, com o risco de tornar o narrador porta-voz do autor em sua grande dissertação sobre arte.[6]

Essa observação de Paul Ricoeur está contida em um importante estudo sobre as formas encontradas pela narrativa ficcional para expressar a dimensão do tempo, e uma das obras analisadas nesse estudo é *Em busca do tempo perdido*. Logo no início, o autor questiona se é cabível considerá-la (a obra de Proust) como uma "fábula sobre o tempo". Refere-se ao fato de ser essa uma questão

[5] Ricoeur, Paul. *Time and narrative*, v. 2, Kathleen McLaughlin e David Pellauer (trads.). Chicago: The University of Chicago Press, 1985, pp. 130-152.
[6] Idem, p. 134.

polêmica, contestada por alguns, das mais diferentes formas. Mas sugere não se deter aí, afirmando que "agora sabemos que se a experiência do tempo pode ser aquilo de que se trata em um romance, isto não se deve ao que ele empresta da experiência de seu autor, mas sim ao poder da literatura de ficção para criar um narrador-herói que persegue uma certa questão sua, na qual o que está em jogo é, precisamente, a dimensão do tempo."[7]

Nesse mesmo estudo, Ricoeur menciona outra importante "hipótese de leitura" da obra de Proust, a saber "Proust e os signos", por Gilles Deleuze, em que esse autor defende a ideia de ser, a obra em questão, um longo aprendizado do mundo dos signos, quer seja dos signos que regulam a vida social, a vida amorosa, o universo das artes ou ainda os signos do mundo sensível. E, para Deleuze, mais do que uma fábula sobre o tempo, a obra seria uma busca pela verdade; a relação com o tempo viria apenas pelo fato de haver um forte compromisso entre verdade e tempo.

Ricoeur observa, entretanto, que essa hipótese não descaracteriza *Em busca...* como sendo, ainda, uma fábula sobre o tempo, uma vez que a argumentação de Deleuze se pauta sobretudo nas experiências da memória involuntária, e o romance não esgota suas possibilidades de leitura apenas nesse recorte.

Enfim, seria difícil definir a obra como um todo; é um conjunto multifacetado, em que dificilmente prevalece uma única abordagem; existem, isto sim, como o próprio Ricoeur afirma, algumas "hipóteses de leitura"; sob as mais diversas perspectivas, sob os mais diversos pontos de vista, a obra adquire sempre os aspectos de uma firme construção, cujas "fachadas" foram todas cuidadosamente erigidas e detalhadas. Assim, não é sem razão, a comparação feita, com frequência, com a construção de uma grande catedral.

Sabe-se que Proust teria escrito o primeiro e o último volumes (respectivamente "No caminho de Swann" e "O tempo redescoberto") no mesmo período, e só depois teria completado o enorme intervalo entre eles. Alguns estudiosos consideram o volume final da grande obra como sendo uma espécie de reflexão estética sobre a criação literária; e que não estaria ali a maior

[7] Ricoeur, Paul. *Time and narrative*, op. cit., pp. 130-131.

qualidade de seu conjunto, como se tivéssemos de alguma forma, que resistir a essa reflexão para encontrar, sobretudo nos demais volumes que a antecedem, a riqueza maior do romance. Como se houvesse, então, uma distância entre esse final escrito antecipadamente (poderíamos dizer nesse caso, de forma literal, em um "futuro anterior") e aquilo que o autor efetivamente constrói como realização dessa projeção.

Há também uma espécie de platonismo, apontado por alguns comentadores, na conclusão da grande trajetória do narrador-herói, como se somente ali tivesse encontrado o verdadeiro sentido de sua busca; sim, de fato, ao se revelar sua vocação para recriar, na esfera artística, esse tempo perdido, temos uma das leituras possíveis; mas limitar-se a essa única interpretação não esgota a compreensão da enorme aventura de sua trajetória; ela se configura como bem mais que um simples pretexto para o reencontro desse tempo; o romance, como dissemos, não se reduz a uma única perspectiva; é preciso atentar, no mínimo, às revelações que o narrador nos apresenta, com apuradíssima capacidade de percepção, do plano do mundo sensível. Suas conclusões, a respeito dessa criteriosa observação, atestam claramente seu reconhecimento da coexistência de diferentes visões sobre o mundo, jamais totalizantes, sem que uma possa excluir ou eliminar a outra. O exemplo da visão cambiante das torres do Campanário de Martinville, observados a partir do deslocamento do narrador (que teremos a oportunidade de contemplar ainda neste capítulo) é emblemático dessa consciência que o autor, por meio da voz de seu narrador, tem das "diferentes verdades" contidas também no mundo das aparências.

Portanto, é fundamental não nos limitarmos a esse foco que costuma iluminar apenas parcialmente a magnitude do romance proustiano. A ideia desse platonismo que definiria a obra não contempla alguns aspectos fundamentais ali contidos. Outras tomadas são possíveis e desejáveis para dar conta da complexidade dessa construção.

Também seria difícil classificá-lo dentro de um gênero literário específico; romance moderno talvez designe, de maneira adequada, ou ao menos suficientemente abrangente, as inovações que constituem a obra proustiana; mesmo assim, qualquer tentativa resultaria, quase com certeza, numa redução indesejável; trata-se de um relato que constrói e que acompanha o suposto fluxo contínuo do pensamento desse narrador, com todos os desvios e deslocamentos que normalmente o constituem (o pensamento), entrelaçando a percepção, a imaginação e a memória em uma construção muito singular; prevalece o tempo verbal do passado, em suas formas diversas (pretérito perfeito, imperfeito, composto...), criando assim uma cronologia indeterminada.

Talvez fosse por esse caminho a aproximação mais plausível que se poderia fazer entre as obras de Proust e de Bergson: a linguagem literária reproduzindo, a sua maneira, a temporalidade desse "eu profundo" de que nos fala Bergson. Pois o romance atesta, em grande medida, a "sucessão dos estados de consciência" de Marcel, o narrador, a perpétua mudança que caracteriza sua subjetividade, na tentativa de "procurar de novo, de tornar a buscar e mesmo de investigar" (esses seriam alguns dos outros significados contidos na palavra *recherche* no original em francês, traduzido por "busca") esse tempo inapreensível que nos constitui, e que, ao ser nomeado, já é outro.

Contudo, não poderíamos afirmar que as distinções feitas por Bergson entre um eu pragmático e um eu profundo compareçam no romance dessa mesma forma. Ainda que ambos se refiram a um conjunto de hábitos que nos afastam do contato com nossa interioridade, cada um distingue a sua maneira esses dois territórios.

Ao longo desse relato do narrador, fica evidenciada, também, a maneira como a percepção e a memória trabalham juntas, no reconhecimento das inúmeras situações que o compõem. Mas esse reconhecimento comporta também a estranheza do reencontro que jamais coincide exatamente com a imagem da lembrança; comporta, portanto, a constatação da diferença que está contida no "mesmo", a consciência da própria passagem do tempo que, simultaneamente os distancia e aproxima.

São exemplares, nesse sentido, as descrições de algumas personagens do romance, quando, no último volume, Marcel as reencontra após um longo período, por ocasião de uma recepção na casa da Princesa de Guermantes:

> Uma jovem que eu conhecera antes, agora de cabelos brancos, reduzida a velha feiticeira, parecia evidenciar a necessidade

> de, na alegoria final da peça, mascararem-se todos de modo a se tornarem irreconhecíveis. Mas seu irmão continuava tão aprumado, tão igual a si mesmo que espantava ver-lhe, na fisionomia moça, tingidos de branco os retorcidos bigodes. Os trechos brancos de neve nas barbas até então inteiramente negras tornavam a paisagem humana desta recepção melancólica como as primeiras folhas amarelas das árvores, quando, supondo ter ainda diante de nós um longo verão e contando aproveitá-lo, vemos que já chega o outono.[8]

É, sobretudo, nas inúmeras passagens do romance em que o passado é evocado e convocado a participar do momento "então presente", que a memória bergsoniana *apenas* transparece por detrás da narrativa; no universo da escrita proustiana, a memória se desenha com outros traços, ainda que por vezes possa se aproximar desavisadamente das ideias concebidas por Bergson. Aliás, transparecer seria um termo adequado para também nomear, dentro do próprio romance, o conjunto de imagens como transparentes que se sobrepõem e se interpenetram, deixando "aparecer através", umas das outras, o "mesmo" e suas diferenças. Ou seja, o "mesmo" entendido como aquilo que permanece em nós, na memória, a despeito de ser confrontado constantemente com suas próprias diferenças. O fato de o narrador observar as mudanças operadas pelo tempo sobre a fisionomia de alguns personagens, como acabamos de ver, é exemplar de como a percepção se mistura à memória, quando é capaz de identificar "os retorcidos bigodes tingidos de branco".

Ainda uma vez mais, é importante ressaltar que se trata de uma obra literária; de uma transcrição, ou melhor dizendo, da recriação do que seria essa sucessão ininterrupta de nosso pensamento, comportando seus inúmeros desvios, por conta das relações de semelhança que vai estabelecendo ao longo de seu próprio curso, uma vez que o tempo da escrita e, portanto, da "construção" da obra é o tempo de sua criação, pautada, em grande medida, por uma suposta rememoração. A "duração pura" não pode ser reproduzida no discurso, mas apenas sugerida, como afirma Bergson e como Proust magistralmente o faz.

[8] Proust, Marcel. "O tempo redescoberto", in *Em busca do tempo perdido*, Lúcia Miguel Pereira (trad.). Rio de Janeiro: Globo, 2004, p. 196.

Basta atentarmos a suas frases intermináveis, nas quais começa por relatar um determinado episódio e vai constantemente enveredando por outros caminhos, que lhe vão sendo sugeridos pelas mais diversas conexões que seu pensamento estabelece na medida em que o relato se desenvolve.

A exemplo das representações pictóricas dos grandes mestres clássicos, temos a impressão de estar frente a frente com a figura representada; concedemos ao "pacto da ilusão", parte do encanto proporcionado pelas grandes obras de arte, que nos fazem ver da realidade aquilo que, como simples mortais, às vezes nos escapa. É tão grande o engenho desses pintores para recriar, à perfeição, a fisionomia humana quanto o engenho de Proust ao nos sugerir, com sua escrita, a temporalidade que nos constitui. Ela não é a própria temporalidade, mas é construída, recriada, com toda a verossimilhança, assim como os retratos pintados pelos grandes mestres.

Ainda que o filósofo e o escritor tenham tratado, em suas respectivas obras, de questões semelhantes, cada um o fez de maneira bastante diversa. Um trabalho relativamente recente, e que contempla esta longa discussão, é de autoria de Joyce Megay, como veremos a seguir.

Para além da pesquisa histórica que busca verificar os possíveis contatos que Proust possa ter tido com Bergson, quer pessoalmente ou por meio de correspondências, ou ainda por meio de declarações em entrevistas concedidas a magazines literários da época, a autora, visando como a uma "atualização" deste extenso debate, faz um detalhado estudo das principais questões ali recorrentes, e chega a algumas conclusões importantes:

> Vimos, ao longo de nosso estudo, que é fácil estabelecer uma afinidade entre o romancista e o filósofo se nos limitarmos a enumerar os temas que estavam no centro de suas preocupações. [...] Os resultados de nossas análises indicam que uma afinidade existe quando se trata de criticar um dos dois termos: o eu superficial ou social desvia o homem da verdadeira vida que é aquela de seu eu profundo; o tempo do relógio não dá conta da elasticidade do tempo psicológico; [...] a inteligência não é apropriada para compreender o qualitativo e deforma nossas impressões profundas quando ela procura alinhá-las; a linguagem

convencional, por nos ser dada pela sociedade (pela cultura), e que tem o mesmo significado para todos, é incapaz de exprimir o individual. [...] Enfim, é sobretudo no aspecto negativo de seus pensamentos que a afinidade se dá com clareza.[9]

Assim, podemos observar que aquilo que Bergson entende por "duração", "inteligência", "intuição", "eu superficial" ou "eu profundo" não pode ser identificado na obra de Proust, ao menos tal e qual o filósofo o compreende. A distinção feita, por exemplo, entre inteligência e intuição não se apresenta dessa mesma forma ao longo do romance proustiano: ao "eu pragmático" e ao "eu profundo" não correspondem, respectivamente, a inteligência e a intuição. No curso do quase ininterrupto[10] relato do narrador Marcel (e que não se confunde tampouco com a exposição da duração bergsoniana), esses "conceitos" de Bergson não comparecem com os mesmos conteúdos; nem poderiam, uma vez que, mesmo havendo uma semelhança entre as questões que se apresentam para ambos, "filósofo" e "romancista", coube a cada um articulá-las de formas distintas; e essa articulação das ideias se dá na própria linguagem. No caso de Proust, sobretudo, que não visava qualquer construção teórica, não faria sentido buscar essas correspondências por meio de uma análise cujos critérios não cabem igualmente para gêneros distintos de discurso. Apenas uma apreensão intuitiva, que não visa à comparação, poderia aproximá-las no que guardam como essencial.

A escrita proustiana, que reproduz ao longo do romance um movimento constante de autorreflexão, de se ver vendo, de se ouvir ouvindo, de se sentir sentindo, não oferece condições para se discernir o que é "fruto puro" da inteligência ou da intuição, tal como concebidas por Bergson. Tampouco as distinções feitas pelo narrador entre memória voluntária e memória involuntária se aproximam da concepção bergsoniana de memória. E, ainda, é fato que o narrador esteja, sim, como que observando, sob um olhar retrospectivo, a trajetória de seu próprio tempo vivido e,

[9] Megay, Joyce. *Bergson et Proust, essai du mise au point de la question de l'influence de Bergson sur Proust*. Paris: Vrin, 1976, pp. 151-153.

[10] Segundo Paul Ricoeur em *Time and narrative*, op. cit., p. 139: "É sem dúvida para enfatizar o caráter de ficção autobiográfica de *Em busca...* como um todo que o autor decidiu intercalar *Um amor de Swann* — isto é, uma narrativa em terceira pessoa — entre *Combray* e *Nomes de lugares*, que são ambas narrativas em primeira pessoa".

portanto, apenas reconstitui esse caminho, e não sua duração propriamente dita.

Essa reconstituição, que, segundo alguns estudiosos da obra proustiana, é feita por meio da espacialização do tempo, guarda, contudo, uma distância profunda daquela apontada por Bergson, ao se referir aos procedimentos realizados pelos estudos científicos; no caso de Proust, não se trata de um tempo ou de um espaço homogêneo, abstrato, vazio. São, pelo contrário, tempo e espaço como qualidade, poderíamos dizer, são momentos e lugares, como teremos a oportunidade de observar mais adiante, quando introduzirmos o diálogo com Georges Poulet.

Voltemos ainda uma vez ao texto de Bergson "Introdução à metafísica", ao longo trecho citado no primeiro capítulo, quando o autor nos fornece as diversas imagens que em seu conjunto podem nos sugerir a duração, e mais um pequeno acréscimo encontrado um pouco mais adiante:

> É uma sucessão de estados em que cada um anuncia aquele que o segue e contém o que o precedeu. A bem dizer, eles só constituem estados múltiplos quando, uma vez tendo-os ultrapassado, eu me volto para observar-lhes os rastros. [...] podemos, sem dúvida, por um esforço de imaginação, solidificar a duração uma vez escoada, dividi-la então em pedaços que se justapõem e contar estes pedaços, mas que esta operação se realiza sobre a lembrança fixada da duração, sobre o traço imóvel que a mobilidade da duração deixa atrás de si, não sobre a duração mesma.[11]

Ora, o que podemos observar, ainda uma vez, é que Bergson admite a possibilidade de imaginarmos ou ainda de evocarmos o rastro da duração, ainda que não possamos reconstituí-la; de lançarmos um olhar retrospectivo sobre uma espécie de fixação de um movimento já vivido. Essa é a operação que podemos realizar conjugando imaginação e memória, colocando-nos fora do tempo. E esse seria, talvez, o caso do relato proustiano.

[11] Bergson, Henri. "Introdução à metafísica" in *Bergson*, Franklin Leopoldo e Silva e Nathaniel Caxeiro (trads.). São Paulo: Abril Cultural, 1979, pp. 17 e 19. (Coleção "Os Pensadores")

Se pudéssemos falar em termos de um "espaço" da obra proustiana, ele se constrói inteiramente pelo ponto de vista da subjetividade, do espaço vivenciado que, como já dissemos, se desdobra nos inúmeros "lugares" para os quais memória e imaginação lhe concedem retornar. E eles são reconstituídos em detalhes preciosos, com os momentos vividos aparecendo estreitamente ligados aos cenários que os compõem.

E é nessa coexistência íntima de espaço e tempo e em seus desdobramentos, nas relações que o narrador estabelece entre suas próprias lembranças, que seu relato se desenvolve a nossa leitura, realizando, paradoxalmente, uma espécie de avanço retrospectivo: empenhado na reconstrução ou recriação desse tempo vivido "outrora", o romance vai se edificando. Dessa forma, sucedem-se observações feitas a partir de seu suposto convívio com uma série de personagens, em situações específicas, mas sempre uma distância física e temporal separa o narrador do acontecimento. O tempo vivido é apenas rememorado por meio do relato, impressão que nos é transmitida pelo próprio tempo verbal que emprega ao longo do texto, o imperfeito do indicativo. Tempo impreciso, que apaga uma possível datação da maioria dos episódios relatados e indica o hábito que, como uma eterna repetição, esvazia-se de qualquer possibilidade de mudança, de transformação.

Esse tempo da rememoração, portanto, em nada se assemelha à ideia do tempo como pura alteridade de si mesmo, como queria Bergson. Contudo, é a partir da evocação de seus hábitos, funcionando como uma espécie de "coordenada fixa", que Marcel pode reencontrar alguns episódios diferenciados e únicos que se guardavam sob a apenas aparente repetição.

Essa passagem que selecionamos, a seguir, apresenta algumas dessas ideias, tão bem articuladas sob a forma literária, além de apontar para um procedimento recorrente ao longo do romance, qual seja, conjugar as lembranças desse narrador, na evocação de situações de hábito, mesclando-as às particularidades de algumas delas, sobretudo quando se sobressaem ali alguns acontecimentos especiais, sob o ponto de vista da experiência subjetiva. E então, algumas digressões importantes, como aquela que fará sobre a memória, quase como um breve ensaio em meio ao relato.

> Mas em geral não ficávamos em casa e saíamos a passeio. Às vezes a Sra. Swann, antes de se preparar para sair, sentava-se ao piano. Das mangas cor-de-rosa, ou brancas, ou de cores muito vivas, de seu penhoar de crepe da China, surgiam as suas lindas mãos e alongavam as falanges sobre o teclado com a mesma melancolia que estava em seus olhos e não estava em seu coração. Foi num desses dias que lhe aconteceu tocar-me a parte da Sonata de Vinteuil onde se encontra a pequena frase que Swann tanto havia amado. Mas muitas vezes não se entende nada, quando é uma música um pouco complicada que ouvimos pela primeira vez. E no entanto, quando mais tarde me tocaram duas ou três vezes aquela mesma Sonata, aconteceu-me conhecê-la perfeitamente. Assim, não está mal dizer-se "ouvir pela primeira vez". Se nada se tivesse distinguido na primeira audição, como se pensava, a segunda e a terceira seriam outras tantas primeiras, e não haveria razão para que se compreendesse alguma coisa na décima. Provavelmente o que falta na primeira vez não é a compreensão, mas a memória. Pois a nossa, relativamente à complexidade de impressões com que tem de se haver enquanto escutamos, é ínfima. [...] A memória é incapaz de fornecer imediatamente a lembrança dessas múltiplas impressões. Mas essa lembrança se vai formando nela pouco a pouco, e com obras ouvidas duas a três vezes, a gente faz como o colegial que releu várias vezes antes de dormir uma lição que julgava não saber e que a recita de cor na manhã seguinte.[12]

Interessante atentarmos aos tempos verbais: no início do período, "não ficávamos em casa, saíamos a passeio, ... a sra. Swann sentava-se ao piano, ... surgiam suas lindas mãos", são todas situações que sugerem uma repetição; e então, como que guardado sob esse conjunto de hábitos, desponta um, dentre esses dias, em que a sra. Swann lhe toca um certo trecho da Sonata de Vinteuil, no qual Marcel reconhece a "frase que Swann tanto havia amado"; e logo a seguir então, uma pequena digressão sobre a memória. Enfim, como já observado, consideramos esse trecho emblemático, em grande medida, dos procedimentos da escrita proustiana, no sentido da alternância e da descontinuidade que caracterizam a expressão do fluxo de pensamento.

[12] PROUST, Marcel. "À sombra das raparigas em flor", Mario Quintana (trad.), pp. 94-95. *Em busca do tempo perdido*, v. 2, op. cit. (Apenas como curiosidade, Bergson, em *Matéria e memória*, op. cit., p. 85, ao definir as duas formas da memória, usa também como exemplo o estudo de uma lição, como apreendê-la, como sabê-la de cor.)

Voltemos mais uma vez ao último volume, *O tempo redescoberto*, no qual o narrador afirma o valor daquilo que denomina "a verdadeira arte".

Observamos anteriormente tratar-se neste volume, em grande parte, da reflexão estética sobre a própria obra, realizada pelo autor na voz de seu narrador; e também fizemos referência a uma certa distância entre essa reflexão e a realização, propriamente, da maior parte do romance. Ainda assim, consideramos interessante citar este breve trecho, em vista da aproximação que buscamos com Bergson:

> A grandeza da verdadeira arte [...] consiste ao contrário em captar, fixar, revelar-nos a realidade longe da qual vivemos, da qual nos afastamos cada vez mais à medida que aumentam a espessura e a impermeabilidade das noções convencionais que se lhe substituem, essa realidade que corremos o risco de morrer sem conhecer, e é apenas a nossa vida, a verdadeira vida, a vida enfim descoberta e tornada clara, a única vida, por conseguinte, realmente vivida, essa vida que, em certo sentido, está sempre presente em todos os homens e não apenas nos artistas. Mas não as veem, porque não a tentam desvendar. [...] Captar a nossa vida; e também a dos outros; pois o estilo para o escritor como para o pintor é um problema não de técnica, mas de visão. [...] Só pela arte podemos sair de nós mesmos, saber o que vê outrem de seu universo que não é o nosso, cujas paisagens nos seriam tão estranhas como as porventura existentes na Lua. [...] Esse trabalho do artista, de buscar sob a matéria, sob a experiência, sob as palavras, algo diferente, é exatamente o inverso do que, a todo instante, quando vivemos alheados de nós, realizam por sua vez o amor-próprio, a paixão, a inteligência e o hábito, amontoando sobre nossas impressões, mas para escondê-las de nós, as nomenclaturas, os objetos práticos a que erradamente chamamos vida.[13]

Ainda que a sua maneira, Proust também nos fala de um certo conjunto de hábitos que julgamos nos impedir de entrar em contato com nossa "verdadeira realidade". E ainda, assim como o filósofo, considera a linguagem literária da criação artística mais apropriada para trazer à tona aquilo que, segundo suas palavras, "se esconde sob a matéria, sob a experiência e

[13] Proust, Marcel. "O Tempo redescoberto" in *Em busca do tempo perdido*, op. cit., p. 172.

sobretudo, sob as palavras" (no uso corrente que normalmente fazemos delas).

Bem, é preciso fazer a ressalva de que as imagens de trazer à tona o que se encontra sob a matéria ou sob a experiência são questionáveis sob o ponto de vista das teorias de Bergson.

A aproximação mais plausível seria a expressão da duração que Bergson procura fazer a partir da imagem de um congelamento superficial sob o qual nossa duração escoa. Mas, para Bergson, essa superfície congelada representa o eu superficial, e não a matéria, como quer Proust. Tampouco é sob a experiência que se encontra "nossa verdadeira realidade", mas sim nela mesma. Resta ainda aquilo que se esconde sob as palavras de uso convencional. Quem sabe aqui poderiam concordar as imagens sugeridas por ambos.

A rememoração proustiana nos sugere, como dissemos anteriormente, um distanciamento, como se o narrador estivesse sempre fora do acontecimento. E de fato está: mergulhado em sua própria subjetividade, observando seu próprio passado, trata-se mesmo de um eu que se desloca para fora de si, e como que observa os vestígios de sua própria existência; neste caso, relembramos mais uma vez o trecho já citado neste trabalho, no qual Bergson procura explicitar a sucessão de nossos estados de consciência, e numa das inúmeras imagens que apresenta "observa" o rastro de seu percurso; repetimos aqui este breve trecho: "na verdade, eles só constituem estados múltiplos quando já passei por eles e me volto para trás a fim de observar-lhes o rastro".

Pois é disso que se trata, em grande medida, no relato de Proust: a consciência da passagem do tempo só se dá por meio de uma suspensão da própria duração, para que possamos compreender o movimento incessante que nos constitui. E esse é um dos aspectos da "redescoberta" do tempo, aliado à revelação da vocação literária do narrador, que assim recriará ou fará ressuscitar esse tempo que imaginara perdido.

Ainda de acordo com Paul Ricoeur, os dois focos principais que orientam a narrativa proustiana seriam o "tempo perdido" e o "tempo redescoberto". Quanto ao enorme intervalo que se estende entre esses dois focos, "o narrador trabalhou desta forma em uma transição narrativa que faz oscilar o sentido do '*Bildungsroman*' do aprendizado dos signos à visitação. Juntas, as duas vertentes desta transição narrativa servem ao mesmo tempo para separar e para costurar os dois focos de *Em busca*.... Separação, por meio dos signos de morte, confirmando o fracasso de um aprendizado dos signos ao qual falta o princípio de sua decifração. Costura, por meio dos signos premonitórios da grande revelação".[14]

Pouco falamos até aqui dos episódios que envolvem a memória involuntária, tão marcantes e decisivos na narrativa. O mais conhecido seria aquele em que o herói-narrador, ao experimentar uma *madeleine* (tradicional bolinho francês preparado por sua tia Leontine), recupera um sentimento de felicidade inexplicável e, numa longa tentativa de decifrar esse acontecimento, conclui que teria que adiar a compreensão mais profunda daquilo que seria um "signo premonitório". Outros episódios semelhantes ocorrem, sobretudo na conclusão, ou seja, no último volume, quando finalmente consegue decifrar esse sentimento, e que a essa altura estará associado à revelação de sua vocação. Essa revelação, por sua vez, ocorre por ocasião da recepção oferecida na casa da princesa de Guermantes (citamos anteriormente um breve trecho dessa passagem), em que o herói comparece e reconhece — em alguns casos com dificuldade —, então, algumas personagens que há tempos não encontrava; depara com uma certa decadência oferecida pela contemplação de corpos envelhecidos, entrando, assim, em contato com a iminência da morte, da finitude. A partir disso, uma série de reflexões é suscitada, culminando com a grande revelação, e com a possibilidade de recriar, por meio da obra literária, o tempo perdido. É quase uma heresia relatar de forma tão abreviada esses acontecimentos que compõem o romance proustiano, mas o fazemos apenas no intuito de registrá-los para que possam ser identificados no caso de certas observações feitas pelos comentadores da obra.

Voltemos, então, a Paul Ricoeur, quando trata dessa situação em particular, qual seja, a cena da visitação, que leva o narrador a uma série de especulações a respeito da passagem do tempo:

[14] Ricoeur, Paul, *Time and narrative*, op.cit., p. 143.

O que parece colocar esta especulação a uma certa distância da narrativa é o fato de que o tempo que ela traz à luz não é, em princípio, o tempo redescoberto, no sentido do tempo perdido e reencontrado, mas sim a suspensão do tempo, *eternidade*, ou para usar as palavras do narrador a existência "extratemporal". E este será o caso enquanto a especulação não se concluir pela decisão de escrever, o que recupera ao pensamento a intenção de um trabalho a ser feito. Várias observações feitas pelo narrador nos confirmam que o extratemporal é apenas a primeira entrada para o tempo redescoberto. Primeiramente, há o caráter fugidio da própria contemplação; depois há a necessidade de manter a descoberta do herói de um ser extratemporal que se constitui por meio do "alimento divino" da essência das coisas; finalmente, encontramos o caráter imanente, e não transcendente de uma eternidade que circula misteriosamente entre o presente e o passado, a partir do qual cria uma unidade. O ser extratemporal, portanto, não esgota o significado total de *Em busca...*[15]

São de fundamental importância essas observações de Paul Ricoeur, no sentido de elucidarem a trajetória do narrador, de um tempo perdido em direção a um tempo redescoberto, somando-se aqui o papel desempenhado por essas espe-culações sobre a dimensão extratemporal que também nos constitui. Mais do que isso, a constatação de que essa dimensão do tempo, adquirida por meio do distanciamento, não configura a totalidade ou mesmo a conclusão da obra, como querem alguns comentadores.

Trata-se apenas de uma etapa de sua longa jornada, aquela que reconduz e devolve Marcel para a imanência do mundo sensível, em que então o narrador pode redescobrir e recuperar esse tempo por meio da criação literária.

É também importante ressaltar, ainda uma vez, o caráter circular do romance proustiano, que no desdobramento das vozes do narrador, do herói e do próprio autor nos devolve do final para o início, em que podemos supor que seria, então, o começo da realização da vocação de Marcel, e quando simultaneamente percebemos a tarefa já realizada por Proust, o autor.

Assim, ao contrário da ideia de um platonismo que acompanha alguns comentários sobre a obra proustiana, a interpretação de

[15] Ricoeur, Paul, *Time and narrative*, op. cit., p. 144.

Ricoeur dá conta das diversas apreensões possíveis do tempo concebidas pelo romance: o narrador faz sua grande descoberta *a partir* da constatação feita sobre a dimensão extratemporal, sem contudo ali permanecer ou concluir a obra.

Não há, portanto, uma oposição entre essência e aparência, no sentido da filosofia de Platão: a verdade maior da obra não se encontra na conclusão do último volume, como se poderia supor. Graças à circularidade que a constitui, a verdade se reapresenta o tempo todo. Ou melhor, não há uma única verdade que se sobreponha às demais.

O que Proust realiza em sua criação literária, a partir de uma suposta contemplação do mundo sensível, é a recuperação de suas qualidades imanentes, a decifração de seus signos que comportam sempre uma enorme diversidade de "verdades possíveis".

Vejamos ainda, segundo Ricoeur, de que forma a transição dos diferentes significados do tempo redescoberto é feita dentro do romance:

> E é verdadeiramente o ser extratemporal, quando faz uso das analogias oferecidas pelo acaso e pela memória involuntária, assim como o aprendizado dos signos, que trazem de volta o caráter perecível das coisas para sua essência "fora do tempo". Contudo, falta ainda a este ser extratemporal o poder "de me fazer redescobrir dias há muito passados". Neste ponto decisivo é então revelado o significado do processo narrativo constituindo a fábula sobre o tempo. O que resta ser feito é religar os dois valores atribuídos ao "tempo redescoberto". Às vezes esta expressão designa o extratemporal, outras vezes designa o ato de redescobrir o tempo perdido. Apenas a decisão de escrever eliminará a dualidade do significado do tempo redescoberto. [...] De fato, o extratemporal está relacionado a uma reflexão que se encontra na própria origem da criação estética, em um momento de contemplação desligado de sua inscrição em um trabalho efetivo, e sem qualquer consideração à atividade da escrita. Na ordem extratemporal, a obra de arte, em relação à sua origem, não é o resultado do artesão das palavras — sua existência nos precede; resta apenas ser descoberta. Neste sentido, criar é traduzir. [...] Portanto, a decisão de escrever tem a propriedade de transportar o caráter extratemporal da visão de origem para a temporalidade da ressurreição do tempo perdido. Neste sentido,

> podemos dizer, com toda propriedade, que a obra de Proust *narra a transição de um significado de tempo redescoberto para o outro*; e é por esta razão que se trata de uma fábula sobre o tempo.[16]

Para Ricoeur, faltaria ainda observar de que forma a narrativa estabelece a relação entre seus dois principais focos, a saber, o aprendizado dos signos, com seu tempo perdido, e a revelação da obra de arte, com sua exaltação do extratemporal. E segundo esse autor, seria justamente essa relação que caracterizaria o tempo como redescoberto.

Uma primeira possibilidade seria atentar aos recursos oferecidos pelo estilo literário, pelas figuras de linguagem, que permitem estabelecer relações entre objetos distintos. E aí estaria a metáfora:

> Esta relação metafórica, trazida à luz pela elucidação dos momentos de felicidade, torna-se a matriz para todas as relações nas quais dois objetos distintos são, apesar de suas diferenças, elevados à sua essência e liberados das contingências do tempo. Todo o aprendizado dos signos, que contribui para a considerável extensão de *Em busca...* enquadra-se no princípio compreendido nos exemplos privilegiados de alguns signos premonitórios, já comportando o sentido duplo que a inteligência tem apenas que esclarecer. [...] O estilo, neste caso, não designa um ornamento, mas sim a entidade singular que resulta da união, em uma obra de arte singular, das questões das quais ela procede e das soluções que ela apresenta. Neste primeiro sentido, o tempo redescoberto é o tempo perdido eternizado pela metáfora.[17]

Uma segunda possibilidade apontada por Ricoeur seria no sentido de observar quando o próprio narrador designa o tempo redescoberto como sendo uma "visão", culminando em um "reconhecimento", um forte indicativo do extratemporal no tempo perdido. Assim, o autor sugere que essas duas possibilidades se encontram em algum ponto. Metáfora e reconhecimento desempenham o mesmo papel, o de elevar duas impressões para o nível da essência, sem abolir suas diferenças: a primeira

[16] RICOEUR, Paul, *Time and narrative*, op.cit., pp. 144-145.
[17] Idem, p. 148.

delas, no que diz respeito ao estilo, e a segunda na ordem da visão estereoscópica. Veremos, logo mais, como essas duas possibilidades se relacionam. Antes, porém, a propósito da visão no romance proustiano, faremos algumas considerações.

Cabe observarmos que a narrativa proustiana se apresenta sob uma multiplicidade de pontos de vista, que tem consciência de sua posição sempre relativa, móvel e fugaz, ao perceber "o mundo" onde seu corpo se encontra; assim, revisitar os lugares conhecidos ou rever pessoas amigas é sempre oportunidade de reafirmar como tudo e todos se diferenciam constantemente de si mesmos; ou ainda, ao se deslocar diante de uma mesma cena, seu olhar se desdobra numa multiplicidade de visões, nunca excludentes umas às outras, mas que assim, apreendem parcelas sempre diferentes de uma mesma suposta "realidade".

Uma das passagens mais marcantes neste sentido, que enfatiza essa percepção transformada por diferentes pontos de vista, sempre parciais e mutáveis, seria aquela dos campanários de Martinville, observados a partir do contínuo deslocamento do carro percorrendo uma estrada sinuosa, e que assim se oferecem ao narrador sob diferentes perspectivas: em algumas, as torres se aproximam, em outras se distanciam, ou mesmo se sobrepõem, apresentando-se seu conjunto cada vez num arranjo diferente:

> Sozinhos, erguidos acima do nível da planície, e como que perdidos em campo aberto, subiam para o céu os dois campanários de Martinville. Logo eram três: vindo colocar-se ao lado deles, em consequência de uma volta ousada, um campanário retardatário, o de Vieuxvicq, se junta aos dois... e enquanto nos distanciávamos a galope, vi timidamente procurarem seu rumo e, após alguns desajeitados tropeções de suas silhuetas nobres, apertarem-se uns contra os outros, deslizar um para trás de outro, transformando-se contra o céu ainda cor-de-rosa numa única forma negra, bela e resignada, a se apagar na noite.[18]

Ou ainda outra passagem em que o narrador se aproxima do rosto de Albertine, e nesse movimento revelam-se a seu olhar outras e novas perspectivas desse mesmo rosto. Nesse caso,

[18] Proust, Marcel. "No caminho de Swann", in *Em busca do tempo perdido*, v. 1, Mario Quintana (trad.). Rio de Janeiro: Globo, 2004, p. 178.

a partir de Georges Poulet em seu livro *O espaço proustiano*, seguiremos seu exemplo, fazendo quase o mesmo recorte desse autor, dado o enorme interesse despertado por esta passagem, em que o narrador conjuga essa percepção multifacetada do rosto de Albertine às aplicações da fotografia de sua época:

> À medida que minha boca ia se aproximando das faces que os meus olhares haviam proposto beijar, estes, deslocando-se, divisaram novas faces: o pescoço, visto de mais perto e como através de uma lente, mostrou nas saliências da sua pele uma robustez que modificou o caráter do rosto.
>
> As últimas aplicações da fotografia que deitam aos pés de uma catedral todas as casas que, de perto, tantas vezes nos pareceram quase tão altas como as torres; que manobram sucessivamente como um regimento, por filas, em ordem dispersa, em massas compactas, os mesmos monumentos; que aproximam estreitamente as duas colunas da Piazetta ainda há pouco tão distantes; [...] – não vejo senão isto que possa, tanto como o beijo, *fazer surgir do que julgávamos uma coisa de aspecto definido, as cem outras coisas que ela igualmente é,* pois cada uma delas refere-se a uma perspectiva não menos legítima. Em suma, assim como em Balbec, Albertine muitas vezes me parecera diferente, agora – como se, acelerando prodigiosamente a rapidez das *mudanças de perspectiva* e das mudanças de coloração que nos oferece uma pessoa em nossos diversos encontros com ela, eu quisesse fazê-las caber todas em alguns segundos para recriar experimentalmente *o fenômeno que diversifica a individualidade de um ser* e *tirar, umas das outras, como de um estojo, todas as possibilidades que encerra* – naquele curto trajeto de meus lábios para a sua face foram dez Albertines que eu vi: como aquela única jovem era uma deusa de várias cabeças, a que eu tinha visto por último, quando tentava aproximar-me dela, cedia lugar a outra mais.[19]

Esse trecho confirma, como observamos logo no início deste trabalho, o fascínio despertado em Proust pelos recursos dos mais diferentes instrumentos ópticos, entre os quais poderíamos incluir os prodígios das "últimas aplicações da fotografia", segundo suas próprias palavras. É como se esses instrumentos fossem, dentro

[19] Marcel Proust, citado por Georges Poulet em *O espaço proustiano*, Ana Luiza B. Martins Costa (trad). Rio de Janeiro: Imago, 1992, pp.74-75. (Este trecho encontra-se no v. 3, *O caminho de Germantes*.)

da narrativa, a própria *metáfora* da percepção aguçada; é como se contribuíssem, ainda mais, para o alargamento de sua percepção visual, e também dessem a medida da relatividade dos diversos pontos de vista, um não menos verdadeiro que o outro.

E isso não implica, para o narrador, a inexistência de uma realidade objetiva, mas apenas a constatação de que essa realidade jamais é imóvel, quer seja em si mesma, quer seja a nossos olhos; essa realidade é constante diferença de si mesma; assim, o trecho citado atesta as múltiplas possibilidades que se apresentam a nossas capacidades perceptivas, e de que forma todas elas são igualmente legítimas.

Para além do "mundo real" se apresentar a nossa percepção sob pontos de vista diferenciados, nossa subjetividade, assim como este mundo real, sempre se apresentará num conjunto de diferenças em relação a si mesma, de tal forma que visitar um mesmo lugar, rever uma mesma pessoa já conhecida, ouvir mais de uma vez a mesma Sonata serão sempre experiências únicas, ainda que a memória nos possibilite o reconhecimento.

Voltemos, então, às conclusões de Paul Ricoeur, quando apresenta uma terceira possibilidade para o sentido de tempo redescoberto, em que estariam incluídas de alguma maneira as duas anteriores:

> [...] metáfora e reconhecimento tornam explícita a *relação* por meio da qual a impressão redescoberta é ela mesma construída, a relação entre vida e literatura. [...] Esta é a riqueza de sentidos do tempo redescoberto, ou ainda da operação de redescobrir o tempo perdido. Este significado incorpora as três versões que acabamos de explorar. Tempo redescoberto, poderíamos afirmar, é a metáfora que aproxima diferenças "nas ligações necessárias de um estilo bem elaborado". É também o reconhecimento, que coroa a visão estereoscópica. Finalmente, é a impressão recuperada, que reconcilia vida e literatura. De fato, tanto quanto a vida representa o caminho do tempo perdido, e a literatura o caminho do extratemporal, podemos dizer que o tempo redescoberto expressa a recuperação do tempo perdido no plano extratemporal, do mesmo modo que a impressão recuperada expressa a retomada da vida na obra de arte.[20]

[20] RICOEUR, Paul, *Time and narrative*, op.cit., p. 151.

As observações feitas por Ricoeur possuem um enorme poder de abrangência, no sentido de cuidadosamente nos apontarem as diversas dimensões de tempo contidas na obra proustiana; e ainda, no sentido de conciliarem algumas hipóteses de leitura e revelarem sua necessária complementaridade; dessa maneira, Ricoeur contempla, de forma brilhante, a complexidade que o romance proustiano apresenta, sob o ponto de vista de sua intrincada construção, e dos desdobramentos que ele potencialmente contém.

Conforme mencionamos na introdução desta pesquisa, vamos agora nos deter em algumas observações feitas por outro dos comentadores da obra de Proust, a saber, Georges Poulet, em *O espaço proustiano*. As questões apresentadas por este autor, como já observamos, nos conduzirão a alguns dos interesses apontados pelo próprio trabalho, quais sejam, as metáforas espaciais como representação da passagem do tempo. Assim como outros estudiosos da relação entre as obras de Proust e de Bergson, Poulet contesta as aproximações entre ambas, ao afirmar que *Em busca...* teria assumido uma posição diametralmente oposta aos preceitos filosóficos de Bergson, ao transformar o tempo em espaço.

> A imaginação proustiana finalmente encontrou aqui a metáfora perfeita, aquela em que a obra é representada pela forma simbólica mais adequada. Pois os espelhos da biblioteca baixa de Balbec não só refletem as "diversas partes" do poente, mas ainda reproduzem e enquadram figurativamente as diversas partes de todo o romance. Sim, também a obra de Proust é composta de uma série de cenas destacadas, recortadas da trama do real, de tal modo que quase nada subsiste do curso da duração que ali transcorria. Em compensação, "exibidas ao lado umas das outras", as cenas estão dispostas ao longo de uma superfície, onde o que era temporal encontra-se agora exposto. Assim, o tempo cede lugar ao espaço. A superfície do romance é ocupada por uma série de predelas, de tal modo que, apesar do recorte, das lacunas e dos limites impostos pelas molduras, a imaginação apreende imediatamente o princípio que as une, reconstituindo a totalidade, da qual são apenas seções. [...] Ora, se o tempo proustiano assume *sempre* a forma do espaço, é porque ele é de uma natureza diretamente oposta ao tempo

> bergsoniano. Nada mais diferente da continuidade melódica da duração pura; em revanche, nada que se assemelhe mais ao que Bergson denunciava como sendo uma falsa duração, uma duração cujos elementos estariam exteriorizados uns em relação aos outros, e alinhados uns ao lado dos outros. O tempo proustiano é tempo espacializado, justaposto. [...] E não poderia ser diferente, na medida em que Proust concebeu a realidade temporal de seu universo sob a forma de uma série de quadros que, sucessivamente apresentados ao longo da obra, deveriam reaparecer juntos e simultaneamente ao final, fora do tempo, portanto, mas não fora do espaço. O espaço proustiano é esse espaço final, feito da ordem segundo a qual se distribuem uns em relação aos outros os diferentes episódios do romance. Essa ordem não é diferente da que liga as predelas entre si, e as predelas ao retábulo. Uma pluralidade de episódios se ordenam e constroem o seu próprio espaço, que é o espaço da obra de arte.[21]

Sim, é fato que algumas das cenas descritas por Proust se assemelham a uma sucessão de quadros, "destacados e recortados do real", como Poulet afirma, mas que outra visão nos cabe, segundo nossas capacidades perceptivas, a não ser apenas alguns "recortes" desse mesmo real? E afirmar que "quase nada subsiste do curso da duração que ali transcorria" é tomar uma parte pelo todo da obra; as predelas aparecem como imagem para o narrador, a certa altura do romance; mais precisamente no último volume, em grande parte dedicado à revelação de sua vocação literária e, portanto, da iluminação de que é tomado ao perceber o sentido adquirido, *a posteriori*, (*je n'ai compris qu'après coup*) de sua longa investigação (*recherche*). Contudo, não podemos considerar essa espécie de desfecho conclusivo como sendo a totalidade da obra. Trata-se apenas de uma dentre inúmeras metáforas que a compõem, e não poderíamos afirmar que apenas os "quadros" ou as cenas de Proust que estão "dispostas ao longo de uma superfície, [...] exibidas ao lado umas das outras" representem o enorme conjunto de sua extensa narrativa. Isso atestaria apenas uma espacialização realizada por Poulet, numa reprodução da síntese operada pelo próprio narrador, quase ao final de seu relato.

[21] POULET, Georges. *O espaço proustiano*, op.cit., pp. 89-94.

Ora, o narrador não pode ser confundido com Proust. A obra do narrador não é a obra de Proust. A iluminação que toma conta do narrador Marcel, ao perceber sua vocação literária, e almejar então escrever sua obra ocorre no último volume, exatamente quando Proust, o autor, chega ao final de sua grande obra. Como já observamos, talvez seja justamente nessa circularidade com que a obra termina, em que começo e final se encontram, que narrador e autor se distinguem, um do outro, com maior clareza. E é dessa forma que se tem uma noção mais precisa da magnitude do romance proustiano: para além dos incontestáveis dotes literários de nosso autor, a originalidade de seu desfecho, que vislumbra a recriação de seu passado por meio da escrita, em que a vocação poderá então se realizar (que é quando na realidade tudo já está feito), deixa transparecer Proust por detrás de Marcel, o narrador.

E ao afirmar ainda que "o espaço proustiano é esse espaço final, feito da ordem segundo a qual se distribuem uns em relação aos outros os diferentes episódios do romance, tal como as predelas", o autor (Poulet) parece realizar uma operação digna das ciências exatas: ao analisar o corpo da obra proustiana, essencialmente uma recriação do fluxo contínuo de pensamento, recolhe uma amostra do material e congela um fragmento que é pura qualidade, diferença, e toma-o como se fosse parte quantitativa de uma unidade homogênea, ou seja, como se nesse pedaço estivessem contidas as mesmas qualidades de toda a obra. Como já salientamos anteriormente, seria praticamente impossível abarcar a totalidade do romance, reduzindo-o assim apenas a uma ou outra qualidade que o mesmo contém. Seria desconsiderar, apenas como exemplos, a série de verdadeiros ensaios filosóficos que o mesmo contém, as inúmeras referências aos importantes acontecimentos históricos que marcaram sua época e que comparecem na obra, seria finalmente tomar apenas uma parte pelo todo.

Quanto à ideia de justaposição, sugerida por Poulet a partir das predelas,[22] costuma obedecer a uma sucessão "linear" da passagem do tempo, e se apresentam justapostas. No caso das imagens apresentadas ao longo do romance de Proust, elas

22 Em *O espaço proustiano*, op. cit., segundo nota de Ana Luiza B. Martins Costa (trad.): imagens que constituem a parte inferior de um quadro de altar, e que, dividida em pequenos painéis habitualmente representam as diferentes etapas da vida de um santo.

apresentam uma absoluta descontinuidade, e não se introduzem segundo uma ordem sequencial; há uma imprecisão no que diz respeito à cronologia subjetiva de Marcel. Os episódios são trazidos segundo uma ordem que diz respeito às associações que sua lembrança estabelece, por semelhança, entre experiências vividas em diferentes momentos, sem que possam ser organizados numa sucessão temporal linear. Ainda, o narrador menciona inúmeras vezes o quanto lhe surpreendia "perceber" cada vez diferentes aspectos de um mesmo lugar ou personagem, a ponto de jamais coincidirem consigo mesmos; o que é fato, sim, é o romance se nos apresentar numa sequência dada pela sua própria leitura, a leitura de uma narrativa que se dá na sucessão das palavras, das páginas, e que vai ganhando sentido em seu encadeamento. É também a memória do leitor que trabalha ao longo da narrativa, que se oferece com nomes dados aos personagens e lugares, de tal forma que podemos então identificá-las ao longo do texto; mas eles mesmos são apresentados em constante diferença de si mesmos.

Ainda, quanto à recorrente ideia da pintura, que tantas vezes é associada às descrições feitas por Proust, caberia também um comentário: a pintura se nos apresenta como imagem em sua simultaneidade, esta sim, no espaço mais precisamente no plano bidimensional; cabe-nos, então, contemplá-la e buscar compreender os procedimentos que acompanharam sua feitura. O que Proust nos oferece por vezes com suas detalhadas descrições é uma aproximação com o próprio tempo de execução da pintura, ainda que de forma literária. Pois é como se pudéssemos lentamente acompanhar a tela em branco, recebendo sucessivamente, ao longo das minuciosas descrições, as manchas de tinta que vão compor figura e fundo, ou personagem e paisagem. As figuras femininas são frequentemente introduzidas ao longo do romance associadas a paisagens florais, como pano de fundo. O próprio autor, no último volume, faz uma espécie de associação entre as artes da pintura e da literatura:

> O literato inveja o pintor, gostaria de tomar instantâneos, notas, e estará perdido se o fizer. Mas quando escreve, não há um só gesto de suas personagens, um tique, um modo de falar que não

lhe sejam ditados à inspiração pela memória; não há um só nome de personagem inventada sob o qual não possa colocar sessenta nomes de pessoas reais, das quais uma pousou para os trejeitos, outra para o monóculo, esta para a cólera, aquela para o movimento imponente do braço etc. Verifica então o escritor que, se seu sonho de ser pintor era irrealizável de modo consciente e voluntário, cumpriu-se, entretanto, e o caderno de esboços se encheu à sua revelia [...] graças a tais jogos de fisionomia, tais movimentos de ombros, vistos embora na mais longínqua infância, grava-se nele a vida alheia que, quando mais tarde começar a escrever, há de ajudá-lo a recriar a realidade, seja compondo um movimento de ombros comum a muita gente, exato como se tivesse sido anotado no caderno de um anatomista, seja enxertando nele um pescoço tirado de outra pessoa, cada modelo tendo pousado a seu tempo.[23]

Se o tempo vivido é irrecuperável, também o espaço recriado na ficção proustiana, jamais é reencontrado tal e qual; tratam-se, antes de tudo, de "lugares", como observamos anteriormente, e de acordo com Poulet em seu texto acima mencionado, assim como o tempo se configura em "momentos": longe dos termos emprestados à linguagem da "inteligência", espaço e tempo são designados como lugares e momentos, que ao longo da obra vão se conjugando, numa profusão de imagens, jamais idênticas ou coincidentes, por conta das transformações a que estão sujeitos os seres com existência no tempo.

Se as inúmeras descrições de suas personagens e paisagens podem se assemelhar a verdadeiras pinturas, é apenas no sentido de sublinharem a efemeridade dessas situações, uma vez que, ao longo do romance, serão sempre configurações diferentes, ou outros pontos de vista que revelarão aspectos antes não percebidos. Dessa forma, o retorno aos mesmos lugares ou o reencontro com suas personagens, situações recorrentes ao longo do romance, evocam a lembrança de experiências anteriores, mas apenas no sentido de confirmarem a impossibilidade de serem revividas; os lugares e os momentos vividos se conjugam de maneira única, irrecuperável, jamais idêntica. Daí essa busca por um tempo que, quando recuperado pela memória já se insere dentro de uma nova temporalidade (presente), que o transforma e é simultaneamente transformado pela evocação. O que permanece é a noção de

[23] Proust, Marcel. "O tempo redescoberto", op. cit., pp. 175-176.

distância que nos separa desse fragmento do passado, jamais recuperado em sua duração real.

Poulet menciona, ainda, em seu mesmo texto:

> ... para a maioria dos filósofos, o espaço, bem mais que o tempo, é o mundo do homogêneo, [...] seria como uma entidade vazia, quase abstrata. Geralmente, para o filósofo, o espaço é o que precede os lugares, o que lá se encontra *a priori* para recebê-los. Quaisquer que sejam os lugares, qualquer que seja o modo concreto como se manifestam, o espírito supõe atrás deles, e à sua volta, uma realidade nua, abstrata, totalmente desprovida de características, que formaria como que um terreno impessoal onde os lugares se ordenam e se distribuem. Assim, o concreto estaria situado no abstrato, o pessoal no impessoal, o heterogêneo no homogêneo. Haveria *primeiro* o espaço, depois os lugares, que encontram sua posição no espaço. [...] Talvez não seja supérfluo observar que tal concepção de extensão tem por consequência consagrar o caráter *a posteriori* — contingente e secundário, portanto — de toda descontinuidade. Em primeiro lugar, há o contínuo, que é o espaço; de modo que o descontínuo só pode ser compreendido como aquela perturbação subsequente, acidental, e provavelmente temporária, de uma ordem inegavelmente primitiva, que prometia ser eterna. Necessariamente, o princípio de continuidade espacial tem por corolário um princípio correspondente de continuidade temporal.[24]

É provável aqui, que Poulet se refira particularmente a um tipo de pensamento que pode ser identificado com uma certa tradição filosófica; mais uma vez aparece uma generalização indesejável, própria à linguagem convencional; ora, não existem de fato "os filósofos" como uma unidade homogênea, mas apenas diversas filosofias, diversas construções do pensamento, diferentes entre si, designadas por um mesmo nome.

As questões envolvidas na compreensão e explicitação das possíveis noções de "tempo" e "espaço" são recorrentes nas teorias filosóficas; sabemos que para Bergson, aquilo que ele designa como "inteligência" estaria identificado com o pensamento pragmático, analítico, que tende à fragmentação e à fixação da realidade; e aqui comparecem os conceitos. Sabemos

[24] Poulet, Georges. *O espaço proustiano*, op. cit., p. 43.

também que Bergson se opôs, em sua época, a esse procedimento, ou a essas formulações quando aplicados à filosofia.

Sim, é fato que os conceitos, formulados como instrumentos de análise da realidade, tendem a uma fixação, como vimos no primeiro capítulo, não apenas da realidade, mas também da linguagem que a nomeia; a própria separação que estabelecemos entre tempo e espaço é um desses exemplos. Essas duas coordenadas fundamentais se encontram sempre relacionadas, conjugadas. Quando pretendemos apreendê-las separadamente, tendemos a imobilizar uma delas, ou a considerá-la, de forma abstrata, como permanência. Daí a observação de Poulet, da existência de um espaço abstrato e homogêneo que existe *a priori*, em que se localizam os lugares. Assim, poderíamos pensar também na existência de um tempo abstrato, pura entidade, na qual se inserem os momentos vividos, de acordo com a correspondência que esse autor infere, a partir do princípio de continuidade espacial.

O que exatamente poderíamos entender como espacialização do tempo (ideia recorrente em Bergson, ao se referir aos procedimentos da 'inteligência'), no caso de Poulet, ao examinar os procedimentos do narrador proustiano, sobretudo na sua visão de "sobrevoo" da trajetória percorrida, quase ao final da "longa busca"?

Como vimos, o que se sugere é a justaposição de imagens que dão conta de diferentes momentos de uma existência. Mas não poderíamos dizer que essa seria uma forma de explicitar "o tempo redescoberto", de se fazer apreender, intuitivamente, as mudanças e diferenças a que estão submetidos os lugares, conjugados aos momentos vividos? Não seria essa apenas uma forma de explicitar a ideia de passagem do tempo?

Segundo as preciosas observações de Paul Ricoeur, essa visão extratemporal do narrador proustiano se configura apenas como "a primeira entrada para o tempo redescoberto". Ele não permanece ali, como dissemos anteriormente, pois reencontra o tempo na possibilidade de recriá-lo por meio da obra literária.

A espacialização do tempo, tal como é condenada por Bergson, é um procedimento próprio às ciências ditas exatas, muito distinto daquele realizado por Proust. No caso do romance proustiano, não se trata, em nenhum momento, do tempo ou do espaço como entidades abstratas, vazias e homogêneas.

Voltemos assim a Poulet, desta feita sem objeções de nossa parte: "nada mais afastado do pensamento proustiano" do que a concepção do espaço como sendo o mundo do homogêneo. "Não se trata jamais de uma questão de espaço, mas de lugares, e da distância que existe entre eles".[25] Esses lugares, que observamos ao longo do romance, desenhados em detalhes preciosos, sugerem as já mencionadas apreensões recortadas do real, como se víssemos através do olhar do narrador as parcelas da realidade que ele mesmo seleciona, e que dificilmente compõem uma geografia contínua: poderíamos imaginá-la à semelhança de um mapa com grandes áreas vazias, e algumas poucas "aldeias" localizadas em extremo detalhe sem, contudo, se oferecerem as "estradas" necessárias para que pudéssemos estabelecer os possíveis trajetos que as interligassem. Ou seja, os lugares descritos se apresentam desconectados entre si, sem qualquer continuidade: trata-se de uma geografia absolutamente pessoal, à semelhança do tratamento conferido ao tempo. Essa descontinuidade aparece com frequência ao longo do romance, reiterando a ideia de fragmentação e da impossibilidade de apreensão da realidade como sendo totalidade e permanência.

Poulet, ao contrapor a concepção bergsoniana de duração a essa fragmentação que caracteriza a "geografia" e a "cronologia" do relato proustiano, sugere haver, assim, uma grande distância que separa o autor do romance e o filósofo.

A descontinuidade que Poulet identifica ao longo do romance, como sendo o princípio mesmo da criação proustiana, é, contudo, de outra natureza, e diz respeito à maneira como nossa percepção recorta da "realidade" apenas alguns fragmentos, selecionando as imagens que lhe dizem respeito.

Quanto à sucessão de nossos estados de consciência, como vimos no capítulo I, não podemos distingui-los uns dos outros, não se constituem como partes destacáveis, mas sim como um todo indivisível. Esses estados se interpenetram, constituindo uma "unidade de diversidades".

Assim, no que diz respeito à duração bergsoniana, trata-se de um movimento contínuo e ininterrupto que é próprio a nossa existência na dimensão temporal; o que é reproduzido, na criação

[25] POULET, Georges, *O espaço proustiano*, op. cit., pp. 43-44.

literária de Proust, é um possível fluxo de pensamento, com toda a variedade que o constitui; assim, não encontramos aqui uma diferença de concepções, mas apenas constatamos que essa multiplicidade diz respeito ao próprio fluxo de pensamento, e não se opõe, dessa forma, à continuidade da duração.

Vejamos, ainda, os comentários de Walter Benjamin, no que diz respeito aos procedimentos da escrita proustiana:

> Se *texto* significava, para os romanos, aquilo que se tece, nenhum texto é mais "tecido" que o de Proust, e de forma mais densa. Para ele, nada era suficientemente denso e duradouro. Seu editor, Gallimard, narrou como os hábitos de revisão de Proust levavam os tipógrafos ao desespero. As provas eram devolvidas com as margens completamente escritas. Os erros de impressão não eram corrigidos; todo espaço disponível era preenchido com material novo. Assim, a lei do esquecimento se exercia também no interior da obra. Pois um acontecimento vivido é finito, ou pelo menos encerrado na esfera do vivido, ao passo que o acontecimento lembrado é sem limites, porque é apenas uma chave para tudo o que veio antes e depois. [...] Podemos mesmo dizer que as intermitências da ação são o mero reverso do *continuum* da recordação, o padrão invertido da tapeçaria. Assim o queria Proust, e assim devemos interpretá-lo, quando afirmava preferir que toda a sua obra fosse impressa em um único volume, em coluna dupla, sem um único parágrafo.[26]

Ora, é a própria linguagem, tal como articulada por Proust, de maneira magistral, que nos sugere a ideia de fluxo, nas frases intermináveis que nos tiram o fôlego, em que as ideias vão se encadeando quase sem pausa; é para além do conteúdo, ou melhor, é na conjugação única de forma e conteúdo, que essa intermitência do pensamento nos é sugerida.

É notável ainda que Proust tenha desejado que seu texto fosse impresso sem um único parágrafo. Para além das prováveis exigências e limitações impostas à época da edição da obra, isso atestaria uma enorme "transgressão" das regras gramaticais e sintáticas às quais se submetiam os textos escritos. E mais,

[26] Benjamin, Walter. "Magia e técnica, arte e política" in *Obras escolhidas*, v. 1, Sérgio Paulo Rouanet (trad.). São Paulo: Brasiliense, 1987, pp. 37-38.

atestaria a consciência de Proust quanto à fidelidade com a qual almejava traduzir esse fluxo interminável de pensamento na forma de um único volume, sem qualquer interrupção de seu discurso. Ou ainda, as provas que voltavam saturadas de seus manuscritos são imagens reveladoras do quanto o autor relutava em dar por terminada, por definitiva, em um formato acabado, o que provavelmente considerava uma obra sem fim.

Poderíamos fazer interpretações de outra natureza, como, segundo os critérios de Sainte-Beuve, supor que seu último sopro de vida estaria como determinado pelo fim da obra, daí a relutância em dá-la como concluída. Mas é, sobretudo, sob o ponto de vista da singularidade de sua ousadia construtiva que nos interessa observar esses fatos. Não basta esgotar o conteúdo da obra proustiana, há que se atentar à maneira indissociável que o autor estabelece entre o que diz e como o faz. Voltaremos ainda a essa questão no último capítulo, quando pretendemos analisar as particularidades do discurso escrito, e suas divisões segundo critérios de gênero.

Volto ainda uma vez à questão já apresentada anteriormente, na qual Poulet defende a ideia de que o espaço proustiano seja fundamentalmente o espaço da justaposição, em que diferentes momentos emoldurados convivem, como que dispostos lado a lado. Faz referência aos painéis de Giotto, nos quais histórias são contadas, sugerindo diferentes temporalidades, mas que, no entanto, convivem numa espécie de sequência ou contiguidade espacial. Considera que a ideia de superposição não faria jus ao espaço concebido por Proust:

> Superpor as imagens sucessivas dos seres seria agir como o próprio tempo: enterrar o que não é mais, para dar lugar ao que vem a ser. A superposição é o ato pelo qual, estendendo-se, ocupando toda a superfície, fazendo com que as imagens anteriores desapareçam sob o seu volume, o momento atual consuma sua vitória sobre o passado; ao mesmo tempo, é o ato pelo qual, deixando-se soterrar, o passado reconhece sua derrota. [...] O romance proustiano é frequentemente isso: uma série de imagens que, das profundezas em que se encontram ocultas, ascendem ao dia. Uma luta pela vida eclode entre elas e as imagens que ocupavam a superfície, resultando por vezes numa vertigem, naquela vacilação dos tempos e lugares. [...]

> Mas sabemos que a obra proustiana não quer, de modo algum, limitar-se a esta região confusa onde se confrontam imagens emaranhadas. Ao contrário, quer atingir o máximo de nitidez. O que só é possível se o pensamento, renunciando à ideia de uma representação vertical do real, distribuir os seus diferentes elementos sobre um plano horizontal, ou seja, sobre uma superfície na qual, situados uns ao lado dos outros, e não sobre os outros, exibam-se isoladamente, distintamente e, no entanto, simultaneamente ao olhar.[27]

Curioso observar a quantidade de imagens relacionadas ao espaço para dar conta de visualizar uma possível organização do pensamento, ou melhor, de uma representação espacial de nosso funcionamento mental: "região confusa", "representação vertical", "plano horizontal" são algumas delas. Ao sugerir uma superposição de nossas imagens internas em sucessivas camadas como empilhadas, de tal maneira que cada uma ficasse soterrada pelas subsequentes, obliterando sua possível visualização, Poulet transporta para nosso espaço subjetivo as leis que organizam os objetos no espaço; supor que tais camadas fossem opacas, e mais do que isso, que essas camadas assim dispostas jamais pudessem ter qualquer movimentação em função do peso que sobre elas repousa, é no mínimo ignorar que nossas funções mentais operam de forma bastante distinta; e mais do que isso, a nossos "olhos internos" as imagens associadas a nossas lembranças coexistem segundo outros princípios de organização; nosso "espaço interno" não é constituído segundo os mesmos princípios do mundo físico, que nos é exterior, e tampouco armazena nosso passado segundo critérios de ordem cronológica. Se nossas lembranças de infância se encontrassem soterradas e imobilizadas pelo peso das camadas subsequentes, como explicar, por exemplo, a memória involuntária de Proust? Não podemos supor que nosso tempo interno "enterra o que não é mais para dar lugar ao que vem a ser". Pois justamente o que nos fazem ver as teorias de Bergson é que esse passado, nós o carregamos a todo momento, e a cada situação presente em que nossa memória o convoca, parte dele se reapresenta, ou se presentifica. E quanto a Proust, os episódios do romance que,

[27] Poulet, Georges. *O espaço proustiano*, op. cit., pp. 78-80.

na figura de Marcel, envolvem nossos sentidos mais primitivos, como o paladar ou o olfato, anteriores mesmo à linguagem, são capazes de fazer irromper, sem explicação, algumas dessas camadas que pareciam soterradas. Portanto, as leis que regem o espaço físico passam a ser totalmente inoperantes para explicar como isto acontece, e algumas dessas metáforas trazidas por Poulet não se sustentam.

Convém frisar mais uma vez que não se trata, ao longo de todo o romance, apenas da memória involuntária, como sabemos, mas também da rememoração cuidadosa e voluntária. Aquilo que involuntariamente comparece, e que no romance desempe-nha um papel fundamental, é composto por alguns episódios específicos que se interligarão para o narrador, sempre relacionados a um profundo sentimento de felicidade, a saber: o célebre episódio da *madeleine*, o tropeço num calçamento irregular, situações que inexplicavelmente trazem de volta sensações antes experimentadas:

> Deslizei célere sobre tudo isso, mais imperiosamente solicitado como estava a procurar a causa dessa felicidade, do caráter de certeza com que se impunha, busca outrora adiada. Ora, essa causa, eu a adivinhava confrontando entre si as diversas impressões bem-aventuradas, que tinham em comum a faculdade de serem sentidas simultaneamente no momento atual e no pretérito, o ruído da colher no prato, a desigualdade das pedras do calçamento, o sabor da *madeleine* fazendo o passado permear o presente a ponto de me tornar hesitante, sem saber em qual dos dois me encontrava.[28]

Como Proust afirma, há um confronto entre as diferentes impressões que dizem respeito ao então momento presente e a um passado que ressurge como evocado pela situação; e isso nos aproxima de uma passagem de Bergson, já citada em nosso trabalho, quando ele afirma que "não há percepção que não esteja impregnada de lembranças" e que "aos dados imediatos e presentes de nossos sentidos misturamos milhares de detalhes de nossa experiência passada. Na maioria das vezes, estas lembranças deslocam nossas percepções reais, das quais não

[28] Proust, Marcel. "O tempo redescoberto", op. cit., p. 152.

retemos então mais que algumas indicações, simples 'signos', destinados a nos trazerem à memória antigas imagens".[29]

Curioso que Poulet tenha dito que as imagens proustianas, das profundezas em que se encontram ocultas, ascendem ao dia. Pois, das profundezas, ascender ao dia nada mais é do que reforçar a ideia de verticalidade que logo depois parecia querer descartar. A imagem da "interpenetração", própria da temporalidade, ainda se apresenta como a aproximação mais plausível àquilo que compreendemos por "lembranças de experiências vividas" na obra de Proust.

Sim, também é verdade que o narrador quer atingir o máximo de nitidez, e não se limitar a essa região confusa onde se confrontam imagens emaranhadas, como diz Poulet. E é justamente o que Proust faz, em sua construção literária: não nos poupa, ao nos apresentar a toda a vertigem a que se sujeita; mas cuidadosamente, ainda que atordoado por imagens que lhe aparecem quase simultaneamente, vai, ao longo do romance destrinchando esse emaranhado, compondo inúmeros retratos nítidos e precisos, ainda que sempre parciais e jamais totalizantes.

Enfim, notamos que grande parte das metáforas utilizadas por Poulet está ancorada nos princípios que regem o comportamento dos corpos no espaço. Uma das leis fundamentais da física é que dois corpos não podem ocupar, ao mesmo tempo, o mesmo espaço. Contudo, não é do que se trata quando pensamos, por exemplo, na "capacidade de armazenamento" de nossa memória, e na simultaneidade de imagens que podem se apresentar a nossos "olhos internos". Nossa "ordem" mental, se assim podemos chamá-la, não diz respeito a uma localização no espaço físico.

Mesmo a ideia de um "eu superficial" e de um "eu profundo", como quer Bergson, em que lugares eles se encontram? Talvez a imagem venha da ideia de uma interface entre o sujeito e o mundo, em cuja superfície de contato esteja localizado esse eu pragmático, voltado para a ação, e mais afastado, em direção "a suas profundezas" esteja o outro, voltado para sua própria realidade interna. O fato é que emprestamos do espaço essas designações, ou melhor, nós a emprestamos de uma analogia que

[29] Bergson, Henri. *Matéria e memória*, op. cit., pp. 30-31.

percebemos entre a organização do espaço e aquilo que supomos ser nossa organização interna. Assim, superfície e profundidade conferem qualidades distintas a expressões do nosso próprio ser.

Essas analogias estão sempre presentes na expressão de pensamento, quer nas metáforas que caracterizam os textos literários e poéticos, quer em textos ditos filosóficos, nos quais as metáforas também comparecem, manifestando as próprias analogias que percorrem nosso pensamento.

CAPÍTULO III
SOBRE A AVENTURA DA EXISTÊNCIA

Para viajar basta existir. Vou de dia para dia, como de estação para estação, no comboio do meu corpo, ou do meu destino, debruçado sobre as ruas e as praças, sobre os gestos e os rostos, sempre iguais e sempre diferentes, como afinal as paisagens são. A vida é o que fazemos dela. As viagens são os viajantes. O que vemos não é o que vemos, senão o que somos.

Fernando Pessoa

Como observamos na introdução, este capítulo pretende abordar algumas questões que foram suscitadas ao longo deste trabalho, e que envolvem as separações estabelecidas historicamente entre discursos de gêneros e finalidades distintas. Supomos encontrar, dessa forma, algumas das possíveis respostas para a distância que observamos entre os diversos domínios do conhecimento que têm seu registro sob a forma da linguagem escrita.

Vimos que há uma espécie de oposição, muitas vezes indevida, entre o conceito e a metáfora. Naturalmente costumamos associar o conceito a um discurso que se pretende científico, ou mesmo filosófico, assim como associamos a linguagem figurada a um discurso poético. Já tivemos, contudo, a oportunidade de observar que o discurso filosófico, quase sempre pautado pelo rigor dos conceitos, pode ser permeado por imagens, ainda que a sua própria revelia.

A origem da palavra metáfora está associada à ideia de "transportar", de trazer de outro lugar um sentido que se assemelha àquilo que se quer dizer, e que a linguagem expressa à maneira da própria dinâmica do pensamento: este encontra as relações de semelhança ou de analogia por meio dos recursos que lhe são próprios, como a percepção, a imaginação e a memória.

As grandes narrativas que compõem nossa tradição exemplificam com clareza esse recurso milenarmente utilizado por nossa cultura; é notável sua capacidade de repercutir, com grande amplitude, os saberes que se queriam transmitidos, com uma linguagem que tocava diretamente a experiência concreta de vida do homem; ao contrário da linguagem dita teórica, mais abstrata, que costuma prescindir da imagem, e é considerada imprópria para efeitos de transmissão de conhecimento dito científico.

A linguagem teórica que se ancora nos conceitos, que se quer mais objetiva, está frequentemente pautada em uma convenção que se estabelece, *a priori*, a respeito do "sentido" que se quer atribuir a uma determinada palavra, com a finalidade de se desenvolver um certo raciocínio teórico; tivemos a oportunidade de tratar destas questões anteriormente.

De resto, impossível prescindir de uma certa organização da linguagem, que em grande medida é uma convenção; de que outra forma poderia se estabelecer algum tipo de comunicação entre nós se não tivéssemos uma certa garantia em compartilhar um mesmo significado atribuído ao vocabulário de uso corrente? Ainda assim, sabemos que a linguagem compartilhada não é garantia absoluta de compreensão do discurso alheio. Para além dessa problemática, existem usos insuspeitados pela convenção, dos quais a poesia, assim como a literatura são provas contundentes. Como dissemos na introdução deste trabalho, trata-se, no caso dessas provas, de um trabalho de expressão do pensamento realizado a partir dos recursos da própria linguagem, mas naquilo que ela guarda como possibilidades inusitadas, para além de seu uso corrente.

Segundo Franklin Leopoldo e Silva:

> O trabalho de expressão é tenso — e até mesmo agônico — porque a linguagem é em si um produto da inteligência, naturalmente apto apenas para exprimir aquilo que percebemos habitualmente. É a imprecisão da linguagem natural, a que Bergson denomina mobilidade dos significados, que possibilita o trânsito entre as significações. A face transferencial da semântica abre o espaço da sugestão significativa que é a mediação metafórica de que se serve o artista quando tenta transmitir aproximativamente uma percepção que se dá no interior do objeto e não a partir de perspectivas externas a ele.[1]

[1] Leopoldo e Silva, Franklin. "Bergson, Proust: tensões do tempo", in *Tempo e história*. São Paulo: Companhia das Letras, 2006, p. 147.

Essa possibilidade que se oferece a partir das chamadas "figuras de linguagem" é justamente aquela que nos incita a imaginar, transferir e deslocar sentidos, percorrendo de alguma forma o caminho inverso do artista, de modo a identificar a relação de semelhança que ele encontrou para expressar seu pensamento; e essa compreensão do texto se dá em um plano que prescinde da mediação de uma linguagem mais abstrata, que nos atinge não apenas por nossas capacidades de intelecto, mas, ainda segundo Franklin Leopoldo e Silva, "trata-se de coincidir com as coisas da mesma forma que coincidimos conosco."[2]

Voltemos, assim, às grandes narrativas que compõem nossa tradição; acreditamos que a *Odisseia*, atribuída a Homero, seja uma das mais emblemáticas das quais temos registro; na figura de Ulisses, o "grande herói" da narrativa poética, acompanhamos uma trajetória de aventuras e percalços que constitui sua grande viagem e posteriormente seu retorno a Ítaca. Trata-se aparentemente de um longo percurso realizado no espaço,[3] onde o herói passa por diferentes lugares e situações, muitas delas de grande risco e de provações, mas consegue voltar a sua terra e a sua amada Penélope. Ora, a grande viagem, como sabemos, pode ser identificada com a própria aventura de nossa existência, ou melhor, com as experiências que vão constituindo essa existência, na aquisição de novos conhecimentos; e isso não necessariamente acontece à custa de uma viagem propriamente dita, no sentido de nosso deslocamento no espaço. A aventura de existir é, sobretudo, uma viagem interna; nossas mudanças mais significativas ocorrem no "espaço" de nossa própria subjetividade; os maiores riscos a que estamos sujeitos talvez sejam justamente aqueles que nos impõe a própria existência. O "retorno a Ítaca" talvez possa ser identificado com o reconhecimento de nossa própria identidade, por meio das "cicatrizes" que nos constituem, e que são de alguma forma "familiares" aos seres com quem convivemos e compartilhamos nossas experiências.

[2] [2] Leopoldo e Silva, Franklin. "Bergson, Proust: tensões do tempo", op. cit., p. 147.

[3] "Todas as pesquisas recentes sobre a *Odisseia* concordam em não ver mais na errância de Ulisses a descrição de um itinerário geográfico preciso, como ainda o faziam os intérpretes do início do século XX quando saíam à procura das paisagens, dos bosques, dos rios, das oliveiras e dos rochedos evocados pela *Odisseia* nas ilhas do Mediterrâneo." Ver em "A memória dos mortais: Notas para uma definição de cultura a partir de uma leitura da *Odisseia*", Gagnebin, Jeanne Marie. *Lembrar escrever esquecer*. São Paulo: Editora 34, 2006, p. 13.

Podemos também observar como essas metáforas são recorrentes na literatura, de um modo geral: muitas vezes nos referimos ao personagem principal de um romance como sendo "o herói", e temos a compreensão intuitiva de que suas "aventuras" guardam um significado subjacente de experiências internas e de transformações de seu mundo subjetivo. Essas metáforas se encontram de tal forma incorporadas a nosso vocabulário que muitas vezes não nos damos conta de que seu significado foi trazido deste "outro lugar", qual seja, o espaço. Há uma identificação quase atávica entre deslocamento espacial e passagem do tempo. São os inúmeros lugares por onde passa Ulisses que nos dão a dimensão de sua viagem, a dimensão da passagem do tempo, tão bem representada também na figura dos que aguardam, no lugar de partida, pelo retorno do herói.

Essas imagens constituem nossa memória cultural e coletiva, e poderíamos afirmar que praticamente nos constituem. Seu uso recorrente, impregnado em nossa linguagem, dá conta, em grande medida, da relação que estabelecemos entre a passagem do tempo e o deslocamento no espaço.

Assim, não é apenas a "inteligência", tal como a definiu Bergson, que realiza essa operação de "espacialização do tempo": trata-se, na realidade, de um procedimento pré-científico, encarnado na tradição das grandes narrativas; e, neste caso, podemos considerar que essa relação entre tempo e espaço é uma forma pela qual compreendemos, intuitivamente, nossas alterações internas, ou as mudanças a que estamos submetidos como seres que se transformam e se constituem na própria passagem do tempo.

Portanto, como propõe o próprio Bergson, a literatura (que poderíamos considerar como herdeira de nossa mais antiga tradição oral, das grandes narrativas) seja talvez o recurso mais adequado para acessarmos aquilo que a linguagem escrita pode apenas nos sugerir, alcançando nossa "intuição".

Caberiam aqui algumas observações importantes a respeito da distinção que se estabeleceu entre o discurso filosófico e o discurso poético; e isso remonta à origem da própria filosofia. Segundo Franklin Leopoldo e Silva:

> O espaço de reflexão que se instaura entre a representação e a ação, entre a percepção e a nomeação das coisas possibilita a gênese dos significados não diretamente utilitários. Este espaço de reflexão não é outra coisa senão a franja instintiva/intuitiva que rodeia a inteligência. [...] Foi este resíduo intuitivo que "deu nascimento à poesia, depois à prosa, e converteu em instrumentos de arte as palavras que antes eram apenas sinais: foi sobretudo através dos gregos que este milagre se realizou".[4] [...] Este suplemento significativo não muda, contudo, a estrutura da linguagem e não revoga seu caráter instrumental: apenas tira proveito da mobilidade originária das significações. Tal uso da linguagem redunda em eleger como virtude o caráter vago que possuem as palavras antes de serem adaptadas à racionalidade instrumental nos planos da ação e da ciência. Esta adaptação deriva de outra, mais geral, do espírito à matéria. Ora, diante da importância vital e social da racionalidade instrumental, o discurso da arte não se põe com a força de um paradigma. Assim, a essência intelectual da linguagem prevalece quando da constituição do discurso filosófico na Grécia.[5]

Dessa forma, às possibilidades que se oferecem quando articulamos os termos da linguagem a partir das frestas que se abrem entre as coisas e suas possíveis nomeações, opõe-se não apenas o discurso científico, mas também a própria filosofia a partir de Platão, e seu compromisso com uma suposta verdade, ameaçada pelos jogos e seduções que a linguagem poderia oferecer. E essa separação, operada na origem mesma da construção de um discurso filosófico, permanece, em grande medida, na necessidade que o pensamento de ordem prática, pragmático, impõe à linguagem no sentido de fixá-la ou imobilizá-la sob a forma dos conceitos, para designar o mundo das coisas com absoluta precisão e com todo o rigor. É como se, com esse procedimento, pudesse obturar todas essas possíveis frestas que aparecem entre o mundo e sua nomeação.

Essa fixação da linguagem se dá à custa de uma contenção dos demais sentidos subjacentes que o emprego das palavras sempre comporta; e isso depende da maneira como se encadeiam

[4] Leopoldo e Silva, Franklin. *Bergson: intuição e discurso filosófico*. São Paulo: Loyola, 1994. p. 12 (Coleção Filosofia; 31.); e Bergson, Henri. "Introdução" in *O pensamento e o movente*, apud Leopoldo e Silva, F., op. cit. p. 12.

[5] Leopoldo e Silva, Franklin. *Bergson: intuição e discurso filosófico*, op. cit., p. 12.

dentro do próprio discurso, na unidade das frases, quando podem revelar significados diversos. O texto literário, como vimos em Proust, seria o lugar por excelência do exercício da mobilidade dos sentidos das palavras, como a confirmar a existência das frestas que se abrem entre a linguagem e aquilo que ela pretende designar. O próprio exercício da leitura, em grande medida, escapa da fixidez do texto que se lhe apresenta, conforme observa o próprio Bergson:

> Mas nada mais interessante, sob este aspecto, que as engenhosas experiências de Goldscheider e Müller sobre o mecanismo da leitura. Contra Grashey, que havia sustentado num estudo célebre que lemos as palavras letra por letra, esses pesquisadores estabeleceram que a leitura corrente é um verdadeiro trabalho de adivinhação, nosso espírito colhendo aqui e ali alguns traços característicos e preenchendo todo intervalo com lembranças-imagens que, projetadas sobre o papel, substituem-se aos caracteres realmente impressos e nos dão sua ilusão. Assim, criamos ou reconstruímos a todo instante. Nossa percepção distinta é verdadeiramente comparável a um círculo fechado, onde a imagem-percepção dirigida ao espírito e a imagem-lembrança lançada no espaço correriam uma atrás da outra.[6]

Como sabemos, porém, alguns pensadores, sobretudo a partir de finais do século XIX e por todo o século XX, entre os quais Bergson se encontra, contestaram as premissas, presentes na longa tradição da história do pensamento filosófico ocidental, segundo as quais foram necessárias as devidas distinções entre um discurso dito *poético* e outro, compromissado com uma suposta *verdade*:

> Na época de Platão, a filosofia tentava se distinguir de dois tipos principais de discursos muito importantes do ponto de vista cultural e político em Atenas: primeiro, a poesia épica e trágica — encarnada por Homero (a poesia épica); [...] e por Sófocles e Eurípedes (a poesia trágica), encenados anualmente para o conjunto dos cidadãos (as críticas de Platão às práticas pedagógicas vigentes e aos saberes artísticos e miméticos de seu tempo pressupõem este papel central da poesia na formação

[6] Bergson, Henri. *Matéria e memória*. São Paulo: Martins Fontes, 2006. p. 117. (Coleção Tópicos)

> pedagógica dos cidadãos [...]). Em segundo lugar, a retórica e a sofística, ambas práticas discursivas ligadas ao nascimento de formas jurídicas codificadas, [...]; práticas igualmente relacionadas com o peso crescente da palavra, do saber falar e do saber persuadir (isto é, também do saber "manipular" pela palavra lisonjeira e enganadora), na assembleia democrática dos cidadãos. A luta incessante de Platão contra os "sofistas", estes mestres de retórica — [...] – dá provas do prestígio do qual gozavam retórica e sofística em Atenas. [...] Hoje a filosofia não precisa se diferenciar, em primeiro lugar, do *epos*, da tragédia, da retórica ou da sofística; nem da teologia como na Idade Média. Ela tenta muito mais afirmar sua especificidade discursiva — e conceitual — em contraposição aos discursos das ciências naturais e de seu pretenso ou autêntico "rigor", aos discursos das ciências humanas e seus territórios de pesquisas práticas, ao discurso da literatura e de sua ficcionalidade. Essas transformações históricas ressaltam a hipótese principal desta comunicação: a saber, que uma reflexão sobre as formas literárias, isto é, também sobre as formas linguísticas (...) da filosofia significa também uma reflexão sobre sua *historicidade* como gênero específico de discurso e de saber.[7]

Assim, a própria questão dos gêneros literários estaria ancorada às condições específicas de seu tempo de produção, e os limites que se estabelecem entre esses gêneros são sempre discutíveis, no sentido da necessidade de serem revistos. É fato que a filosofia busca sua especificidade, mas também é fato que ela acabou por estabelecer contatos cada vez mais frequentes e profícuos com outros domínios do conhecimento; e refletir sobre sua particularidade como discurso significa em grande medida restabelecer esses limites, que se apresentam cada vez mais porosos. As aproximações entre literatura e filosofia têm sido intensamente observadas e analisadas, sobretudo nos estudos de textos antigos, na área da Hermenêutica, numa clara aceitação de sua própria historicidade, cujas interpretações atestam; não basta acessar o conteúdo dos textos; é necessário ainda compreender as condições de sua produção, ou seja, como se inseriram dentro de um determinado contexto, como vimos, por exemplo, as distinções que se fizeram necessárias entre o

[7] GAGNEBIN, Jeanne Marie. *Lembrar escrever esquecer*. São Paulo: Editora 34, 2006. pp. 205-206.

discurso poético e o discurso filosófico em sua origem platônica. Ainda aqui, poderíamos também aludir aos estudos feitos a partir da (re)leitura dos "diálogos" platônicos, no sentido da distinção que eles estabeleciam entre o discurso oral e o discurso escrito; alguns intérpretes consideram que a própria estrutura dialógica platônica teria sido uma forma encontrada de reproduzir, em alguma medida, no texto escrito, a temporalidade da prática oral da filosofia das ideias, tão cara e fundamental às concepções de Platão.[8]

Na verdade, poderíamos afirmar que essas discussões sempre estiveram presentes, de uma forma ou de outra, ao longo da própria história da filosofia, configurando muitas vezes seu próprio objeto de pesquisa e estudo. É disso que se trata quando pensamos na infinidade de textos escritos que nossa cultura acumulou e que continuam sendo lidos e interpretados: ainda resulta em enorme valor nos debruçarmos sobre os poemas de Homero, as *Confissões* de Santo Agostinho, ou sobre os textos de Montaigne e Rousseau. Ao contrário do saber científico, que acabou por revelar a caducidade de certos conhecimentos, tidos como ultrapassados, a filosofia e mesmo a literatura acumularam uma memória que se mostra sempre presente e pertinente.

Voltemos ainda à *Odisseia* e à imagem da viagem identificada com a aventura da própria existência, da aquisição de conhecimento por meio da "experiência": encontraremos aqui uma enorme série de representações espaciais: os deslocamentos por territórios desconhecidos a serem explorados, a figura do "estrangeiro" em terra alheia, que, desconhecendo a tradição local, provoca estranhamento, mas carrega também um certo poder de transformação desse território e de si mesmo; as noções de desvio do caminho, das paradas que se fazem necessárias, são para nós imagens bastante familiares e que comparecem, sempre transformadas em diferentes relatos, nas grandes obras da literatura. Vemos como as categorias de tempo e espaço se misturam e se confundem.

Podemos observar como essas metáforas são recorrentes também em textos filosóficos, sobretudo quando se trata de explicitar a temporalidade do discurso, ou do "percurso" do

[8] Szlezák, Thomas A. *Ler Platão*, Milton Camargo Mota (trad.). São Paulo: Loyola, 2005.

raciocínio do autor: o texto se configura, em sua organização, como uma sucessão de ideias, com começo, meio e fim. E ele na realidade percorre um caminho espacial, se pudermos dizer assim, no suporte do papel, na sucessão linear de suas páginas; ao mesmo tempo que avança, no sentido de seu desenvolvimento, vai depositando sua própria memória. Supõe claramente a existência de um leitor, que percorrerá esse mesmo caminho. E refere-se a sua própria espacialidade (ou seria também sua temporalidade?), quando alude, por exemplo, a um capítulo *anterior*, aos *desvios* necessários para chegar a seu objetivo, à própria ideia de *edificação* ou *construção* de um raciocínio.

Outras metáforas recorrentes dizem respeito à visão, talvez como órgão privilegiado da percepção; há como uma aliança implícita entre ver e compreender, ou ver e conhecer; assim, a visão comparece no conteúdo mesmo do texto, como sinônimo de compreensão, de entendimento, acompanhada de seu atributo mais importante, qual seja, a luz, a claridade, que lhe conferem as possibilidades de discernimento.

Interessante voltarmos novamente a algumas das ideias de Bergson, que tratamos no capítulo I deste trabalho, segundo um estudo realizado sobre o filósofo:

> [...] a subjetividade é o "lugar" por excelência da descoberta e da exploração da verdadeira temporalidade. É assim que podemos resumir uma das teses centrais de Bergson da seguinte maneira: a subjetividade é a própria explicitação do tempo, naquilo que ele tem de mais característico: ato (e não uma coisa) e criação (e não uma mera repetição), ligação do passado com o futuro por um movimento de contração ou tensão [...] contração que se dá sob o fundo de uma história pessoal. Assim, a subjetividade é o domínio que realiza o movimento do tempo na direção que lhe é essencial. Mas qual é este domínio? A resposta de Bergson é comum a outros teóricos: a subjetividade é a própria consciência e ela está indissociavelmente ligada a todos os fenômenos vitais. Em outros termos, a consciência é a duração se explicitando; e quem diz duração, diz antes de mais nada memória, pois durar é conservar-se: duração é então memória, e a memória no homem se efetiva como consciência.[9]

[9] Morato Pinto, Débora Cristina. "Memória, ontologia e linguagem na análise bergsoniana da subjetividade", *Unimontes Científica*, v. 6, n. 1, jan./jun. 2004. p. 5.

Assim, a metáfora da viagem, da *Odisseia*, é uma forma de explicitar a própria passagem do tempo, ou seja, de explicitar nossa própria subjetividade: nossa paisagem interna, submetida à constante transformação na "aventura" maior da existência, encontra uma analogia com a mudança da paisagem externa, quando do nosso deslocamento no espaço; e essa grande aventura pressupõe uma espécie de antecipação realizada pela memória e pela imaginação, na projeção desse futuro eminente, mas ainda não realizado. Dessa forma, os movimentos de projeção e evocação quase se sobrepõem nessa contração de tempo que é o presente.

> Mas, na verdade, não há jamais instantâneo para nós. Naquilo que chamamos por esse nome existe já um trabalho de nossa memória, e consequentemente de nossa consciência, que prolonga uns nos outros, de maneira a captá-los numa intuição relativamente simples, momentos tão numerosos quanto os de um tempo indefinidamente divisível. Ora, onde se encontra exatamente a diferença entre a matéria, tal como o realismo mais exigente poderia concebê-la, e a percepção que temos dela? Nossa percepção nos oferece do universo uma série de quadros pitorescos, mas descontínuos: de nossa percepção atual não saberíamos deduzir as percepções ulteriores, porque não há nada, num conjunto de qualidades sensíveis, que deixe prever as qualidades novas em que elas se transformarão.[10]

Dessa forma, a linguagem poderia ser considerada como o lugar de manifestação de um recurso próprio a nosso funcionamento interno; e poderíamos afirmar que aquilo que chamamos "figuras de linguagem" seriam antes, as figuras que percorrem nosso pensamento: o recurso de constantemente transportar ou de emprestar de outro lugar, um sentido que se aproxima daquilo que se quer (re)conhecer; é o que na realidade fazemos, ao "perceber" o mundo e ao buscar compreendê-lo, segundo nossas possibilidades: estabelecemos constantemente relações de semelhança ou analogia entre as diversas experiências vividas que nos constituem, a partir do repertório acumulado em forma de memória, somadas a nossas capacidades perceptivas e imaginativas.

[10] Bergson, Henri. *Matéria e memória*, op. cit., pp. 73-74.

> Conhecer é, antes de tudo, transferir ou transportar, circular continuamente, passar incessantemente de uma imagem a outra, sem que jamais este percurso se fixe sobre uma figura que seria a geradora não mimética de todas as outras. Todo começo já é o resultado de uma comparação: ele já é reflexo ou analogia, da mesma forma que todo objeto só é apreensível sobre o fundo das relações múltiplas nas quais ele se esgota. Vivemos assim em uma eclosão de diferenças, a qual só pode responder uma "explosão de intuições metafóricas"; apreender o mundo é, portanto, deslocar sem fim, produzir equivalências, deixar-se enredar em um desencadeamento ou desatino de aproximações: nós vivemos na separação. [...] O saber é sempre uma "construção": é um ponto jogado solidamente sob o fluxo das imagens, um edifício cuja imobilidade constrange seu movimento.[11]

Retornando ao confronto entre a filosofia de Bergson e o romance proustiano, poderíamos concluir que, em grande medida, ele é exemplar do embate estabelecido entre o discurso filosófico e o discurso poético. Ainda que tenhamos em Bergson uma posição diferenciada em relação à tradição metafísica da filosofia, em que o discurso conceitual prevalece, sua finalidade é distinta daquela que moveu Proust em direção à construção de sua obra literária.

Como vimos, contudo, é justamente na filosofia de Bergson que encontraremos algumas das mais contundentes críticas aos procedimentos da filosofia tradicional. Segundo Franklin Leopoldo e Silva,

> [...] as teorias filosóficas, assim como a percepção e o senso comum, imobilizam o real, paralisam o devir e ainda conferem a este conhecimento artificial e esquemático o prestígio da especulação metafísica. [...] Segundo Bergson, o erro das teorias filosóficas foi o de ter abandonado a percepção. Não se tratava de dar as costas à percepção, diz ele, mas de alargá-la e aprofundá--la. Como fazê-lo, poder-se-ia perguntar, se a percepção é estruturalmente voltada para a articulação pragmática da realidade? Podemos modificar a nossa constituição natural? Evidentemente não, mas há uma evidência de que se pode perceber a realidade tal como não o fazemos habitualmente. [...]

[11] Payot, Daniel. *Le philosophe et l'architecte*. Paris: Editions Aubier Montaigne, 1982, pp. 191-192. Essas considerações são feitas a partir da leitura de Nietzsche, em *Le livre du philosophe*.

> Que isto é possível, prova-o a arte. [...] O que para nós aparece como criação é fruto dessa descontração, dessa distração pela qual o espírito se distende e, por desatenção, percebe mais e mais profundamente.[12]

Esse alargamento da percepção que Bergson identifica na obra de arte é o que identificamos no romance de Proust. E mais do que isso, a expressão da dimensão temporal que constitui a realidade, ideia tão cara à filosofia bergsoniana, também é identificada no romance. Ainda segundo Franklin Leopoldo e Silva:

> E isto porque a redescoberta do Tempo não é a representação literária do tempo vivido, mas a revelação da essência temporal da realidade.[13]

A revalorização da percepção que Bergson pleiteia, somada à constatação do caráter temporal como essência do real, vai ao encontro dos procedimentos do romance proustiano. Dentro da tradição das grandes narrativas, valendo-se da mobilidade de sentidos que constitui a própria essência da linguagem como esforço de expressão do pensamento, e ainda, atribuindo valor de verdade, ainda que sempre relativa e circunstancial, ao que nossos sentidos podem compreender da realidade sempre mutável, a obra de Proust se constitui como imenso legado de conhecimento e sabedoria.

Vale ainda, mais uma vez, uma observação final a respeito das longas digressões feitas por Proust, na figura do narrador, como exemplificamos ao longo do capítulo II, e que constituem verdadeiros fragmentos filosóficos dentro do romance: quer seja ao relacionar as múltiplas faces de Albertine às então recentes aplicações da fotografia, as audições da sonata de Vinteuil suscitando reflexões a respeito de nossa memória, ou a visão sempre mutante dos campanários de Martinville, atestando as diversas perspectivas possíveis e sempre relativas que nossa percepção permite captar do dito mundo real, apenas para citar alguns.

Ora, ainda que tenhamos afirmado que o intuito de Proust estava longe daquele de realizar uma obra de caráter filosófico,

[12] Leopoldo e Silva, Franklin. "Bergson, Proust: tensões do tempo", op. cit., pp. 145-146.
[13] Idem, p. 149.

é notável como o autor foi capaz de contemplar seu "romance moderno" com reflexões que poderíamos aproximar do gênero do ensaio, uma vez que se trata da expressão de uma experiência puramente subjetiva que, como tal, afirma sua própria verdade, de forma alguma dogmática ou absoluta, uma vez que o autor tem a noção da existência de verdades sempre relativas, ancoradas a diferentes pontos de vista e a diferentes circunstâncias que constantemente são produzidas pelos nossos encontros com a suposta realidade, pela nossa apreensão de mundo.

A paternidade do chamado gênero do ensaio é comumente atribuída a Montaigne (finais do século XVI). Seus escritos se caracterizam por um caráter não metódico, em que prevalece a experiência comum de um sujeito concreto, às voltas com uma certa invenção de si mesmo (o sujeito como ficção), e a herança dos saberes consagrados é relativizada. O conhecimento de mundo é esboçado a partir dessa experiência pessoal, comportando todo tipo de vacilação e incerteza. Esses escritos, muitas vezes na forma tateante de fragmentos e sem qualquer pretensão a se tornarem tratados de verdades absolutas, reproduzem, assim, a movência que é própria ao "mundo real".[14]

Desta forma, o relato dito ficcional de Proust, que se constitui como aquilo que compreendemos ser uma realidade criada, subverte de maneira original os chamados gêneros literários que separam as diferentes formas de texto, pois a verossimilhança de suas reflexões, na figura de um narrador inventado, coincide com aquelas feitas pela prosa literária de não ficção, a partir de um sujeito que é compelido a se reinventar (o dito sujeito da modernidade), do homem que passa a criar seu próprio destino, e que faz de sua existência a própria matéria de sua escrita.

Na origem do romance proustiano, como dissemos no início do capítulo II deste trabalho, estava um ensaio de crítica literária *Contre Sainte-Beuve*. Numa difícil gestação de cerca de um ano, o autor se desdobrou em pelo menos duas vozes, a do narrador e a do herói, e pode magistralmente contemplar sua obra com uma multiplicidade de gêneros, tão bem articulados que se torna quase impossível dar conta de classificá-lo apenas como romance

[14] Pinto, Manuel da Costa."Do ensaio à crônica", curso ministrado no Centro Universitário Maria Antônia, São Paulo, junho de 2010.

moderno. Com certeza, *Em busca do tempo perdido* é muito mais do que isso.

> Porque a pluralidade dos mundos que nascem da criação se identificam na função *reveladora* da verdade que a obra de arte nos dá a perceber. Disto deriva o profundo compromisso da *narração* com a verdadeira história da consciência e das coisas. Compreender o modo como se estabelece este compromisso é entender a singularidade de cada mundo romanesco, é elucidar a visão original que cada artista tem da temporalidade, sempre a partir dela mesma, é aproximar-se da descrição originária que se dá por meio da palavra criadora, do *logos* que se faz mundo ao recriar o mundo.[15]

[15] Leopoldo e Silva, Franklin. "Bergson, Proust: tensões do tempo", op. cit., 2006, p. 148.

BIBLIOGRAFIA

BENJAMIN, Walter. "Magia e técnica, arte e política", in *Obras escolhidas,* v. I, 3. ed., Sérgio Paulo Rouanet (trad.). São Paulo: Brasiliense, 1987.

BERGSON, Henri. "Introdução à metafísica", in *Bergson*, Franklin Leopoldo e Siva e Nathanael Caxeiro (trads.). São Paulo: Abril Cultural, 1979. (Coleção "Os Pensadores")

_________. *Matéria e memória*, Paulo Neves (trad.). São Paulo: Martins Fontes, 2006. (Coleção "Tópicos")

_________. *O pensamento e o movente*, Bento Prado Neto (trad.). São Paulo: Martins Fontes, 2006.

BOGALHEIRA, Regina R. *Tempo em Bergson: do psicológico ao ontológico*. Mestrado em Filosofia, PUC, São Paulo, 1995.

BRASSAÏ. *Proust e a fotografia*, André Telles (trad.). Rio de Janeiro: Jorge Zahar, 2005.

SCHNAIDERMAN, Miriam. *Esfarelando tempos não ensimesmados*. Rio de Janeiro: Ágora, 2003.

COSSUTTA, Frédéric. *Elementos para a leitura dos textos filosóficos*, Angela de Noronha Begnami, Milton Arruda, Clemence Jouet-Pastré, Neide Sette (trads.). São Paulo: Martins Fontes, 2001. (Coleção "Leitura e crítica")

DELEUZE, Gilles. *Bergsonismo*, Luiz B.L. Orlandi (trad.). São Paulo: Editora 34, 2004.

GAGNEBIN, Jeanne Marie. *Lembrar escrever esquecer*. São Paulo: Editora 34, 2006.

LEOPOLDO E SILVA, Franklin. *Bergson: intuição e discurso filosófico*. São Paulo: Loyola, 1994.

_________. "Bergson, Proust: tensões do tempo", in *Tempo e história*. São Paulo: Companhia das Letras, 2006.

MEGAY, Joyce. *Bergson et Proust, essai du mise au point de la question de l'influence de Bergson sur Proust.* Paris: Vrin, 1976.

MORATO PINTO, Débora C. "Memória, ontologia e linguagem na análise bergsoniana da subjetividade", in *Unimontes Científica*, v. 6, n. 1, jan./jul. 2004.

NIETZSCHE, Friedrich. "Sobre verdade e mentira", in *Nietzsche*, 2. ed. Rubens Rodrigues Torres Filho (trad.). São Paulo: Abril Cultural, 1978. (Coleção "Os Pensadores")

PAYOT, Daniel. *Le philosophe et l'architecte*, Paris: Aubier Montaigne, 1982.

POULET, Georges. *O espaço proustiano*, Ana Luiza B. Martins Costa (trad.). Rio de Janeiro: Imago, 1992. (Biblioteca Pierre Menard)

PROUST, Marcel. *Em busca do tempo perdido*, 7 v. Rio de Janeiro: Globo, 1999-2004.

RICOEUR, Paul. *Time and Narrative,* v. 2, Kathleen McLaughlin e David Pellauer (trads.). Chicago: The University of Chicago Press, 1985.

SZLEZÁK, Thomas A. *Ler Platão*, Milton Camargo Mota (trad.). São Paulo: Loyola, 2005.

TADIÉ, Jean-Yves (org.). *Marcel Proust, l'écriture et les arts*. Paris: Gallimard/ Réunion des Musées Nationaux, s/d. (Bibliothèque Nationale de France).

WORMS, Frédéric. *Le vocabulaire de H. Bergson*. Paris: Minuit, 1997.

Este livro foi composto em Times pela *Iluminuras* e terminou de ser impresso nas oficinas da *Meta Brasil Gráfica*, em Cotia, SP, sobre papel off-white 80g.